人生便利店，欢迎光临，
谢谢惠顾！

刘娜

RENSHENG
BIANLIDIAN

[美] 刘墉 著

人生便利店

人生不便利，
要惠顾人生便利店！

接力出版社
Publishing House

生活区

CONTENTS 目录

工作区

前言

人生就像开店

从我二十三岁写成处女作《萤窗小语》，到现在整整五十年了。我在大学毕业后的第一年，写成《萤窗小语》第一集，其后每年一本，正好在三十岁，完成了第七本。它的畅销，鼓励了我继续写作，最终成为专业作家。

过去半个世纪当中，我写了散文、小说、诗歌，甚至剧本，加起来超过一百本。虽然每种文体我都尝试，但是最喜欢的应该还是小短篇。它花费的时间不多，随时随地可以创作，甚至当我忙碌中有所触动，信手记在小纸条上的，回头整理出来，也常能感到惊艳。因为那都是被瞬间抓住的灵光，没有雕琢，无须放大。虽然简简单单，却能直指人心。

这本书就是以我近年的“灵感小条”集合而成。杜甫曾说“晚节渐于诗律细”，老来的文字当然跟年轻时不同，因为“世事洞明”，所以多些辛辣和豁达，还可能带点反讽与幽默。

谢谢接力出版社从我近千篇短文里选摘分类，并且建议我取个书名——《人生便利店》。

可不是吗？人生就像开店，不怕关门，怕不再开门；也不怕店老，只要东西新鲜。

五十年的老字号，又有新货推出了！

生活区

个人养护

货架

1

商品编号

S-G-001

遂愿与否

人生像开店，不怕关门，怕不再开门。

生活区

孩子小时候，我常指着街上正在装修的店面对他说：“瞧！他们一定有个生意兴隆的梦想！”再指着关门大吉的店面对孩子说：“瞧！他们当初一定没有想到会关店！”

接着我一定会说：“梦想与理想有很大的差距。最重要的是别气馁，缓口气，再开一家！梦想继续，行动继续。”

人生像开店，不怕关门，怕不再开门。

商品编号

S-G-002

理想人生

理想的人生就是总有理想的人生。

生活区

什么样的人生是理想的人生？应该是有理想的人生。我们每个人活在这个世上，都要有理想。你要活成什么样子，你希望未来怎么样？于是，你总在建造那个理想，朝着那个理想前进，而不是在编织一个幻想。很小的时候，你说要做校长；长大一点儿，你说要做市长；再长大一点儿，你又说要做飞行员；再后来，你说要做学者。在这个瞬息万变的社会，你要慢慢学会调整自己的理想，把它变成真真正正可以实现的理想。所以理想的人生就是总有理想的人生。

商品编号

S-G-003

缓解抑郁情绪

情绪不好，一是改变环境，二是自我暗示。

生活区

我有个朋友，他的夫人不幸去世了。丧礼之后，他就把夫人的衣服都整理好，然后捐给公益团体，也把家里的一些家具都换掉了。我问，为什么这么做呢？他说，免得睹物思人。我知道有些人在亲人过世之后，会把房间整个改变，甚至会搬家。所以，如果情绪不好，有两个方法调节：一个是改变环境。比如你在这里遇到了难以逾越的挫折，你可以出去念书；工作出现问题，你可以重新学习，再另找一份工作。另一个方法，是自我暗示。你可以说，我的今天是不同的，今天的我是全新的，今天的太阳感觉也是不一样的。改变环境，自我暗示，是我们面对挫折、面对抑郁的好方法。

商品编号
S-G-004

藤蔓

每个人身上都有隐形的藤蔓。

生活区

每次坐车在高架路上奔驰，往下看两边的树木，我发现上面总是挂着藤蔓，很多树木不是老死的，也不是病死的，而是被藤蔓缠绕致死。我就会想：如果将人比作树木，我们看到的只是那个人吗？还是应该包括挂在他身上的隐形藤蔓？很多人活得不好，甚至短命，会不会就因为有太多牵肠挂肚的东西，把他需要的阳光完全遮掩？所以每个人早上醒来，都应该检查身上隐形的藤蔓有没有在夜里又偷偷长了许多。藤蔓人人有，剪不断，理还乱。不过没关系，一定要记得每天起床时，用手在头上抓一抓，无论有多少烦恼缠绕着自己，都留一块地方，让阳光照下来。

商品编号
S-G-005

种梦想

实现梦想的人少得可怜？那就多一些梦想。

生活区

太太听完演讲回来转述，一个哈佛商学院的校友说，虽然他们当年都满怀梦想地毕业，却只有百分之二的人能够实现梦想。

然后问我的看法。我说："那就多一些梦想！现在变化太快了，你不能心里只有一个山头，因为可能你才出发，那山头已经不见了，那行业已被淘汰了。这时候你必须退回起点，再学习，再怀揣梦想，再出发！"

商品编号

S-G-006

自救

许多死在人生坑洞里的人，都是因为忘了自救。

生活区

如果你掉在坑洞里爬不出去，有人扔下绳索，你再弱都要抓紧绳索，坚持爬出去。人生有很多这样的坑洞，你除了大喊救命，自己拼命了吗？如果你正处在人生的低谷，要经常想想：绳索在哪里？双手在哪里？你离洞口还有多远？如果你不抓紧，会不会又掉下去？许多死在人生坑洞里的人，都是因为只想求救，忘了自救。

商品编号
S-G-007

看自己

既要拼命往前看，也要低头看自己。

有个学生申请进入美国的研究所，起初申请的几所都没成功，后来几所都成功了。他说如果现在申请前面那几所，就能进了。

我问他：有什么新成就吗？学生说："没有，只是在写申请书时，愈介绍我自己，愈分析我自己，愈了解自己，愈确定自己的方向，也就愈能写出我申研的道理。只怪我以前拼命往前看，却没好好低头看过自己。"

商品编号
S-G-008

扛着

对于远水救不了近火的麻烦事，
自己扛起来。

生活区

每个人都会担心，尤其对心爱的人。问题是担心常常没用，反而让被担心的人担心。结果被担心的人没出问题，担心的人却先受伤了，变成“家里失火”。

所以，游必有方，常报平安，对于远水救不了近火的麻烦事，自己扛起来。少让家人担心，别要父母分忧。这才是对自己负责，也对亲人负责的成熟表现。

商品编号

S-G-009

成年人

成年人的世界里，没有“容易”二字。

生活区

有人袒露心迹："成年人都想要片刻的松弛，否则怎么承受得住长期的压力？所以很多人停车熄火后，会静静坐一会儿，再回家。"

他的这段话让我很感慨，想起了以前一个朋友说的另一段话。她说有时下班回家，先不下车，因为她要整理自己的情绪，不把在办公室受的气带回家，也不让她的委屈被家人看到。她甚至会在车上先哭几分钟，接着擦干眼泪，掏出粉盒补妆，然后笑眯眯地推开家门。

还有个朋友说了类似的话，车子停好，他会坐在车里待几分钟，为的是面对打开家门的那一刻。他们夫妻总吵架，他是离开了一个"战场"再进入另一个"战场"。

每个从"战场"回来的人，都希望迎接自己的是拥抱和亲吻，希望看到的是家里衣食富足，孩子又长高了，父母依然健朗，爱人笑容灿烂，这时候即使伤口疼痛，也容易隐藏与遗忘。

商品编号
S-G-010

拖延

拖延的最根本原因是怯懦。

生活区

很少有人不拖延。拖延的原因很多，有懒，有慢，有弱，最根本的是怯懦，因为不敢面对问题而不去想，不去碰。

只是问题经常非面对不可，结果到最后一刻“赶鸭子上架”，明明有90分的实力，却只得到60分，而且恶性循环，下次变得更怯懦。

治疗拖延的毛病，需要鞭策自己到手就做，告诉自己不做的后果是一辈子在拖延中完蛋。

商品编号

S-G-011

读书四省

读了什么？悟了什么？该补什么？如何发挥？

生活区

每个人读的课本差不多，别人不会而你会的，往往是你课外的涉猎。

读课本如吃正餐，内容经过整理归纳，概念比较清楚；缺点是尽信书不如无书，思想容易被束缚。

在网上浏览如同吃零食，涉猎广可以“吃饱喝足”，但缺点是松散的学问，穿肠过得快，饿得快。

如果能经常停下来想想：我读了什么？有什么领悟？该怎么补足？要怎么发挥？可能比读死书让人更有天马行空的创意，且更能适应多变的未来。

商品编号

S-G-012

成熟的表现

一个人成熟的表现是了解自己的能力。

生活区

每个年龄有每个年龄的认知。孔子说，三十而立，四十而不惑，五十而知天命，六十而耳顺。当你到了一定年龄的时候，你知道有些事你能够做到，有些事你不能做到。当你到了一定年龄，你知道其实人生就是如此，必须顺应。当别人讲道理的时候，你以前总是有一大堆的反对意见，但是现在你的心胸更开阔了，思想更多元了，你都可以接受了。所以一个成熟的人，最起码的一件事，就是了解自己哪些事情能够做到，哪些事情不能做到，不勉强自己，也不勉强别人。

商品编号

S-G-013

懂

不懂不要排斥。

生活区

有一天我跟女儿一起看电影，有一段英文我没听懂，问女儿，她居然耸耸肩，说她也没听懂。我说：“你是在美国长大的，怎会听不懂？”她回答：“平常生活中，你会听懂别人讲的每句话吗？小孩从出生就听得懂别人的话吗？只要继续听，自然会懂。”我后来常想起女儿这段话，可不是嘛！不懂不要排斥，坚持面对，渐渐就会懂。

商品编号
S-G-014

才艺

学习才艺，不应白费功夫，空掷生命。

你小时候学过才艺吗？你有多久没打开琴盖，清理画笔了？

那是你的功夫，就算过去你为父母的虚荣而学，现在也该对自己说“这是我的”。

没有功夫可以白费，没有生命可以空掷，就算当年不为自己学习，现在也能为自己重温。

相对地，如果你童年没有那样的环境，一心羡慕别人，别怨，你可以从现在开始，圆你儿时的梦。

商品编号
S-G-015

努力的原因

就是因为我们有一天会死，所以要好好地把握时间。

有人问我，既然每个人的结局都是死，为什么我们还要到这个世界上来努力？我想，就是因为我们有一天会死，就是因为我们好不容易来这一趟，所以我们要好好地把握时间。

这里，我想说说我的人生态度。第一，要超越自己。因为很多人很懒散，爱拖延，不想读书，想睡懒觉，所以我们要超越与生俱来的弱点。第二，我们要创造个人的风格。我们都是独特的，也许我们的声音不好听，但是我们的表达能力很好；也许我们长得不漂亮，但是我们能用独特的美创造自己，创造个人的风格。第三，我们要肯定自己是天地当中不可或缺的存在，你不是白来这一遭，你有你存在的价值。

商品编号
S-G-016

逆境

在逆境里力争上游。

生活区

我发现儿子的很多哈佛同窗有特殊背景，譬如父母带着孩子四处躲债，少年叛逆浪子回头，来自荒山野岭或贫民窟，就算他们成绩差些也会被优先录取。原因可能是：他们在逆境里力争上游，可以为学校注入新血液，为社会带来新激励。

一家人不识字，他偏爱读书，三天两头搬家，他的功课还是很棒，你能不刮目相看吗？愈是这样的人愈要培养，用他的“不同”来丰富主流文化。

只吃维生素 ABCD，缺少微量元素的人不易健康。只啃教科书考第一的书虫，思想不易开阔。一个被重点学校录取的穷孩子可能改变整个贫民区，一个天外飞来的灵感可能改变全世界。

商品编号
S-G-017

35 岁

35 岁，还远远未到人生下坡路。

生活区

在以前只活到45岁的那个年代，35岁是一个关口，但是现代的人，活到80岁、90岁的大有人在，活到100岁的也时有听闻，你还能说35岁就是人生某一个拐点吗？所以心里不要觉得今天我到了35岁，就好像进入了一个困难的阶段。错了，那是你到了人生的另一种境界。35岁的你更成熟了，35岁的你可以做更深入的打算了，35岁的你可能在家庭里面的责任更重了，行动就要跟年轻人有所不同了。所以，35岁是人生另外一个阶段的开始，不是人生下坡路的开始。

商品编号
S-G-018

云端大脑

科技进步太快，不能死读书、
死心眼儿了。

生活区

说个笑话，有一天我们的大脑记忆得少，创意得多，要记忆的都在云端。我们也可以拿掉一些不必要的内脏，空出来的地方放科技装置、当皮包用，肚皮上做个开口。多方便！不信？现在已经有多少人，你问他今天几号，他不想，拿起手机看。

科技进步太快，不能死读书、死心眼儿了。

商品编号

S-G-019

长假

不跑远就对不起假期。

生活区

要放长假了，好多人打算出国旅游，好像不跑远就对不起假期，甚至没有面子。问题是度假就一定要跑远吗？家旁边不能度假吗？我每回上街都会发觉附近又开了很多有意思的商店，经过公园都会想到那里有很多我童年的记忆。我更往远处想，有一天我离开这个世界，当灵魂逐渐飞离我的家，看到四周的房舍、街道、商店、公园，我会多么依依不舍，而且后悔错过了身边许多美好的事物。

我常看到朋友为了出国度长假，忙着准备行囊，忙着安排家里和办公室的事，最后在焦虑中精疲力竭地登上飞机。假期结束回到家，又常因为旅途劳顿而腰酸背痛，甚至在外地水土不服生了病。加上度假期间错过的、耽误的、拖延的都得处理，累上加累，情绪变得特别坏。

他们舒缓了情绪，放松了心情，消除了疲劳吗？

我很怀疑。

商品编号
S-G-020

散步

少年潇洒，中年壮阔，老年细微。

生活区

每天下午在附近巷子里散步，都觉得是在进行赏枫之旅。五彩斑斓虽比不上满山红叶的壮阔，倒也另有一种变化的美。我很喜欢从一片绿林间窥视枫红，或者在黑褐的树干上欣赏朱色的藤蔓，偶尔发现一株小树居然五色杂陈，更有趣。淮南一叶下，自觉老烟波！少年潇洒，中年壮阔，老年细微。

商品编号

S-G-021

人生如旅

要想走得远，先得在每件小事上保存体力、爱护自己。

生活区

最近到土耳其、希腊、马耳他和意大利做考古之旅，每天都在烈日下一走就四五个小时，起初神勇的人，后来多半病了。我发现那些能坚持三周下来还健康的，都是心情平稳，能少说就少说，该喝水就喝水，有阴凉就纳凉，能坐下绝不站着的人。

人生的旅途不也一样吗？要想走得远，先得在每件小事上保存体力、爱护自己。

商品编号
S-G-022

自律

从小事做起，自我要求，自我超越。

生活区

我曾经编过一本几十万字的《唐诗句典》，那是把唐诗一句一句做分类。当时，我还在电视公司工作，非常忙，可是即使凌晨两点了，我仍然会坚持整理一首诗，整理几个诗句，再去睡觉。我严格地告诉自己："我必须做到，否则就是不能超越自己。"就这样，厚厚一本书居然在不知不觉中完成了。

从小处开始坚持，自我要求，自我超越，常能有惊人的成绩。

商品编号

S-G-023

教养

因为钱多、学历高、长相美，就歧视别人，只能显出自己的浅薄。

因为钱多、学历高、长相美，就歧视别人，只能显出自己的浅薄。对人礼貌是教养，对远不如自己的人谦和是境界。

每个高高在上的人，都该想想自己是怎么爬上来的；都该在大呼小叫的时候，想想自己表现得有多粗俗；都该在趾高气扬的时候，想想正在丢人现眼的是谁。

商品编号

S-G-024

天赋

许多人就像熊猫，因为没能拍张彩色照片而不快乐。

有个笑话是："熊猫梦想在有生之年能拍张彩色照片。"其实许多人就像熊猫，只有黑白两种颜色，却因为没能拍张彩色照片而不快乐。何必呢？黑白两种颜色多单纯，不是比五颜六色更好看吗？竹子已经够好吃了，何必羡慕山珍海味？

每个人要满足于天赋的美好，不必盲目崇拜，更不必莫名跟风。

商品编号
S-G-025

后浪

如果长江后浪不能推前浪，早干了！

生活区

如果长江后浪不能推前浪，早干了！

如果一代不比一代强，人类现在还茹毛饮血呢！

上一代最大的错误是“看不上”又“太期望”下一代。

我发现那些说“一代不如一代”的人，正被时代淘汰。

他们看不到年轻人的正面，因为自己已经落在后面。

商品编号

S-G-026

作息

寻找最适合自己的作息时间。

生活区

我儿子说我作息规律、节制，很多人好奇我怎样规律。说来好笑，就博大家一笑吧！

因为有哮喘的毛病，我就算十点多醒了，也躺着想事情、打腹稿，耗到接近中午才起床，先吃半个苹果当早餐，以减少午餐的量。午餐很简单，多半是不费脑筋的东西，譬如一碗鱼汤，或者一碗沙拉，或一只鸡腿，不吃含淀粉的食物。然后坐在客厅喝咖啡，看报纸，吹口哨。（这是我的兴趣，也能让我锻炼肺活量，并且检查当天有没有哮喘。）

下午，跟太太并排坐着聊天，之后一个人看半小时短视频。（我认为这不但能放松心情，而且能增广见闻，让我知道高手在民间。）两点半开始工作，因为腹稿早打好了，所以速度很快，屁股接触椅子的那一刻，就会下第一笔。六点结束。（极少极少极少应酬。）

晚餐后看电影、踩脚踏车半小时（电影情节越紧张，感觉踩得越快），并且联络亚洲地区的事务。

十一点半泡澡之后在床上聊天，上网看

公文，回信，读书，找资料。

凌晨两点半去梦里找灵感。（所以我的号是“梦然”，画室叫“氤梦楼”，平生最爱做梦。）

我的作息很不合养生之道，大家当笑话看看就好。

婚恋果脯

货架

2

商品编号

S-H-027

三毛

如果没有荷西，你还去不去流浪？

生活区

有一次问三毛，为什么喜欢流浪？

她说："为了找到心灵的安顿。"

我又问："如果没有荷西，你还去不去流浪？"

她沉吟了半天，慢慢一个字一个字地说："那就真是流浪了！"

商品编号

S-H-028

白马王子

骑上奶奶这匹玩具小白马就是
白马王子了。

生活区

女儿小时候，奶奶送她一匹玩具小白马，说："将来找个王子，就算没有白马，骑上奶奶这匹，就是白马王子了！"

我笑问："倒贴吗？"

奶奶答："这年头儿哪有那么多有白马的王子啊？只要有才能，肯努力就成。夫妻一体，谁帮谁没个准儿，说不定王子会送咱公主一匹白马呢！再不然两个人骑一匹白马，多亲热！多幸福！"

商品编号

S-H-029

女强男弱

相濡以沫，或者拜拜。

生活区

很多人都把女儿当男孩养，从小强力教育，证明女儿比儿子强。相对地，生男孩的又从小娇惯儿子，产生了很多“妈宝”。

这下结婚麻烦了！往往女强男弱，好些女生不是嫁了丈夫，是多了个儿子，自己当妈。唯有特别棒的女生，懂得扬长避短，相濡以沫，把老公推向成功。

当然，还有一种：拜拜！

商品编号
S-H-030

月光爱人

情人的爱像月亮，阴晴圆缺，
潮汐上下。

生活区

父母的爱像太阳，虽然有情绪起伏、阴晴变化，却还是会供应足够的阳光，只是日子久了，子女觉得理所当然，甚至没了感觉。

情人的爱像月亮，高兴的时候满脸笑容，闹脾气的时候不正眼看人，甚至搞失踪。非但阴晴圆缺每天变，还带着潮汐上下，却能勾得人：才下眉头，却上心头。

商品编号

S-H-031

给恋爱中的女生 I

保护隐私。

生活区

一、你可以让别人知道你是单身，但是不要把你整个人摊在阳光下。就算你有很多优点，也要让他慢慢发现。因为爱情要有几分神秘才美，情感要不断因为发现彼此的优点而加分。

二、不必让他知道你的财务状况，无论你穷或富，都与他无关，因为吸引他的是你，不是你的钱。先知道你很富有，再跟你谈恋爱的人，会让你不敢确定他的爱。

三、当男生送你回家，注意他是不是确定你安全进门了，才离开。初次约会的男生，不要随便请他进入你的房间，这是你该有的私密与矜持。他就算失望，也该尊重。

商品编号

S-H-032

给恋爱中的女生 II

保持理智。

生活区

一、跟不熟的人，不去陌生的场合。最好不要饮酒，而且别让饮料离开你的视线。你即便渴死，也不要乱喝一口。宁可因为拒绝而显得不够亲切，也绝不碰触任何毒品。

二、绝对不要让喝了酒的人开车，也对喝酒开车的人重新评估。只要对方喝酒之后还想开车，一定要警告他。虽然他饮酒开车是不智与逞强，你不提出警告却是不仁与软弱。

三、无论多么激情澎湃，都要自我保护；无论情感多么稳定，也要拒拍私密照片。绝不用身体换取不确定的爱情，只能为确定的爱情解放身体。

四、除非你有意，当对方在语言或动作上有性的暗示，要立刻巧妙地回避。千万别等他露出丑态，你才喊 NO。

商品编号

S-H-033

给恋爱中的女生 III

保有教养。

生活区

一、家人跟你联络，一定要有礼貌。对家人无情却对外人有情，是不成熟的表现。当你不尊重家人，你的朋友也会轻视他们，轻视你的家人何尝不是轻视你?

二、在公共场所说话要小声，对服务人员要客气，对老弱妇孺要礼让。多宽容，少责备，多露笑容，少耍脾气。该快的时候不拖拉，该慢的时候不浮躁，进退有度能够显示你的优雅。

三、跟初次交往的男生说好几点回家，然后观察他是不是放在心上。一个玩在兴头，还能注意时间的男生，可以显示他的自制与对你的尊重。一个能够掌握约会时间的女生，可以显示她的教养。

四、别在同一时间谈几场恋爱。下了一条船，才能上另一条船。从开始交往，就要平等互惠。可为分手伤心，别为金钱纠缠。只有两不相欠，才能分得干脆。

商品编号

S-H-034

给恋爱中的女生 IV

懂得权衡。

生活区

一、吃人的嘴短，所以不要都由男生请客，总要有来有往。同时，你来请客也是一个考察对方是否体贴的好机会，譬如你可以注意对方是否会因此节制，不让你破费。

二、如果由你决定去什么地方，要小心选择，因为那能反映你的品味。但是不要因为想炫耀，而选择他难以负担的。为对方考量，是贤惠的表现。

三、不要用礼物讨好对方，也别收不恰当的礼物。对接受的人而言，太贵重的礼物会让他不安；对送礼的人来说，送太贵的礼物难免有所期盼。礼物贵在有情，不在有价，不恰当的赠礼会模糊爱情的焦点。

四、既然是你们谈恋爱，就少把家人拖进来。家人可以提供意见，可以分享快乐，不必承担责任。以后过日子的是你们，千万别让你们的打打闹闹，成为爸爸妈妈的精神负担。

商品编号
S-H-035

浓度

海誓山盟不如爱在当下。

生活区

爱情很难计算，因为每个人爱的浓度不同、重量不同、持久性不一样。

浓度低的不见得就不持久，浓度高的也可能很快消散。

有些人可以爱到死，有些人爱一阵子就会倦；有些人没了性就没了爱，有些人没了能力就不再敢爱；还有人受到太多苦难或爱的打击而不敢去爱。

知道了这一点，就要谅解每个人爱的差异。

最真实的爱是当下的爱，不论多么可恶的人，当下爱你就是爱；明天会弃你而去的人，今天爱你还是爱。

我们只能确定自己现在活着，无法确定明天是否活着，同样的道理，没有人能够预期自己以及别人的爱，所以海誓山盟不如爱在当下。

商品编号

S-H-036

女友

自从那天以后，我没再打过钟。

生活区

我对打钟很有经验，别人费半天劲才能打响，我轻轻一拉，就传来叮当叮当的钟声。那是因为我以前在台湾师大念书的时候，在一座大楼的楼梯旁，就有这么一根绳子，有个学校的工友会按时打钟。我总看他拉绳，好奇地问他难不难。他说不简单，因为得让原先静止的大钟摆动，那是股巧劲，用岔了，就算打响，节奏也不稳。我要求试试看，工友拒绝。后来我又要求跟他一起拉绳子感觉感觉，工友总算答应了。一次一次，渐渐地，他可以不再使力，完全由我掌控。我说："哪天你没空，我可以代班。"

果然，有一天他下午有事，我没课，他真交给我了。一共五次，前四次我打得很棒，半分钟不差。至于最后一次，我事先跟女朋友说："今天让你提早十分钟下课！"

我办到了，只是从那天以后，我没再打过钟。

商品编号

S-H-037

婚前协议

事先约法三章，好过事后胡说八道。

生活区

朋友说他正在教孩子拟婚前协议。我笑："还没结婚先想着分手了？"朋友回答："当然！现在寿命长了，变数太多。晴天要想着雨天，上台要想着下台，得意要想着失意，合伙要想着拆伙。今天爱得要死，明天可能恨得要命。事先约法三章，好过事后胡说八道。年轻人可以做梦，做父母的不能糊涂！"

商品编号
S-H-038

吵架

关门可以，别把门锁死。

生活区

当你最心爱的人摔门而去，你可以关上门，但不要锁死门。你可以不管他，但不能不关心他；你可以痛恨他，但不必诅咒他；你可以痛骂他，但不能侮辱他；你可以不欣赏他，但不能不爱他。而且如果他真是你心爱的人，也依然爱你，他匆匆离开的背上，一定有另一双眼睛盯着你，有另一张嘴问你是不是依然爱他。

商品编号

S-H-039

理想对象

过了30岁也可以找到理想对象。

生活区

过了30岁，拥有高薪和高学历的人，很难找到理想的另一半怎么办？我想应该有不少好的交友方法。

首先，我发现很多人在工作期间，也会去参加职业培训，不断地充实自己。参加各种培训班时，你会遇到新的同学。这等于你再次进入学校里，再次拥有了同学，你们的需求和兴趣很可能相近，因此可以在其中找到终身伴侣。

另外一个方法是通过交友网站、相亲群。我发现很多年轻朋友，他们忙得不得了，可是都在交友网站上找到了合适的终身伴侣。如果介绍团体非常严谨，而参加的人又很诚实地填写资料，很可能交友网站比在外面随便碰来得好。

商品编号
S-H-040

恋爱与结婚

恋爱成熟了，就该结婚了。

生活区

恋爱成熟了，就该结婚了。问题是什么叫成熟了？成熟了的主要考量标准，一个是你非常爱对方，另外一个是已有一定的物质基础。毕竟爱情与面包，还是都要考量的。

除此之外，还有一些其他需要考虑的因素。比如工作繁忙，你根本没有时间或者没有心情来关心和照顾另外一半，抑或还处于异地恋状态，这个时候你适合结婚吗？

但是如果女朋友的年龄相当大了，生育上会承受更大的风险。为了女朋友的身体和下一代，你可能需要把别的事情延后，先结婚，孕育新生命。

还有一点，如果谈恋爱时有了孩子，条件许可，就赶快成家吧！

商品编号

S-H-041

远嫁还是近嫁

远嫁，独自面对；近嫁，人多口杂。

女生是不是留在父母身边更好，因为结婚之后不容易受欺负？

如果你有这样的想法，表示一受欺负你就要回娘家。问题是那样做聪明吗？如果你先生不去接你，怎么办？有问题要面对，而不是躲在爸爸妈妈的后面啊！

嫁去远方，意味着必须自己面对未来。两口子一起奋斗，婚姻关系说不定更紧密。

嫁在家乡，除了维持夫妻关系，还要维持两边长辈的关系，其实并不简单啊！

总归一句话：近嫁远嫁都是两口子的事，最好别指望别人。

商品编号

S-H-042

门当户对

爱情总能超越世俗。

生活区

门当户对可以使高度增加，不门当户对可以使广度增加。

“豪门联姻”“寒门做伴”“齐大非偶”和“飞上枝头”都好！

我们不必歌颂或排斥任何一方，因为爱情总能超越世俗，多元文化常成就于“对与不对”。

商品编号
S-H-043

价值观

世界越来越小，观念越来越多。

生活区

人看起来差不多，都是两只眼睛一张嘴，问题是那脑袋里想的可就差多了，尤其是价值观。同一件事，你觉得天大，他觉得没什么；他绝对无法忍受的，你又可能不在乎。以前婚姻讲求门当户对，除了家世财力，最重要的是价值观，因为同等家门里耳濡目染的常常差不多。

这年头儿就不一样了，世界愈来愈小，接触愈来愈杂，每个人都得试着接受多元的价值观。如果你的“弹性很小”，或者你家族的尺度很严，你在择偶的时候，就先得评估对方：他的价值观跟我的会不会有太大的差距？如果我改不了他，我改得了自己吗？如果我们两个都难改，能够彼此宽容吗？如果有了孩子，我们要给孩子灌输谁的价值观？很多人婚姻不顺，都是因为价值观的差异！

商品编号

S-H-044

小帆结婚

那天女儿小帆结婚，没有礼车。

生活区

那天女儿小帆结婚，没有礼车。从教堂出来，直接沿着曼哈顿第五街跑到酒店。头纱跑掉了！幸亏婚纱没掉。她整个晚宴都穿着婚纱，把拖曳的裙摆挂在腰上，省了换装的钱。婚纱很重，她却能跳舞整晚，原来穿的高跟鞋换成了球鞋。

商品编号
S-H-045

老实人

婚前看个人，婚后看一双。

生活区

有个学生，跟他小学时最要好的同窗合作，吃了亏，跑来向我诉苦。

我说小时候纯真不表示大了还一样，学生说："他诚恳老实一点儿没变，绝不是装的，我才会放心跟他合作。"

我说："没错，问题是他老实，他太太呢？通常老实人的另一半特别精，他不得不精，你不得不防。记住，婚前看个人，婚后看一双，亲人也一样。"

商品编号

S-H-046

办婚礼

如果这些现实问题都可以不考虑，那么婚礼可以不办。

生活区

结婚是否一定要办婚礼？这个很难给出明确答案，因为它牵涉很多现实问题。有的时候，女生从小盼到大，就是期望穿婚纱、进礼堂，她有这样的梦想，应该让她实现。有的时候是双方家长或者某一方家长想要排场，于是你要办婚礼。还有一个情况是，如果不办婚礼，以前撒出去的红包怎么收回？如果这些现实问题，你都可以不考虑，那么你可以不办，然后用省下来的钱，两个人好好过日子，计划未来，买房子或者是捐出去做公益。

我的儿子就没有办婚礼，他们只是带了一瓶香槟就去登记结婚了，然后他们把省下来的钱捐给了公益团体。

商品编号
S-H-047

格局

有格局才有资格吵架。

夫妻早上大吵一架，丈夫怒冲冲地出门，笑嘻嘻地进办公室，生龙活虎地工作，高高兴兴地下班，进门板个脸。

太太早上擦干眼泪化好妆，送孩子上学，跟别的家长说笑，去菜市场买菜，接孩子放学，回家烧饭。丈夫进门，太太把饭菜端上桌，笑着哄孩子吃，说自己没胃口，不吃了。

这对夫妻有格局！棒！有资格吵架！

商品编号

S-H-048

丁克族

如果条件允许，建议你生。

生活区

婚后能否做个丁克族（指夫妻都有收入但是不打算生育孩子的群体）？这是你自己的决定。结婚之后，可以生，但是如果你不想要这个负担，也可以不生，做个丁克族。但是从国家长远着想的话，生产力会出现问题。如果生产力出现问题，个体都会连带受影响，你和你的亲人也不例外。

生活的目的在增进人类全体之生活，生命的意义在创造宇宙继起之生命。如果你选择不生，可以把能力贡献给社会；如果你选择生，则是让生命能够延续。

商品编号

S-H-049

全职妈妈

全职妈妈的辛苦，丈夫一定要知道，要体谅。

很多在外面工作的男性，会觉得太太在家太轻松了，只是带带孩子，送孩子上下学，洗洗衣服，烧烧饭，和在外面辛苦打拼的男人比起来轻松多了。

但是要知道，女人在家里，就算是个全职的家庭主妇，她虽然可能有空隙玩手机，有时间看电视，可是当男人下班之后可以放松，太太却要继续忙碌。

男人在家里有不愉快，到办公室一忙，可能就把家里的事忘了；而作为一个全职妈妈，孩子从出门到学校，妈妈在家里都会惦记着，是全天挂念。所以，全职妈妈的辛苦，丈夫一定要知道，要体谅。

商品编号

S-H-050

导盲犬

丈夫是我的导盲犬。

生活区

“我以前没养过狗，但我丈夫说他是我的导盲犬。”老妇人笑得神秘，“我眼睛不好，每次晚上出门，他都紧紧拉着我，碰到不平的地方就停下来叮嘱我小心。去年他去世了，临终前还拉着我的手说，以后天黑别出门。我先走，但不会走远，下面的路黑，你别怕，我就等在那边，继续做你的导盲犬。”说完，老妇人掩着脸，哭了。

商品编号

S-H-051

比尔·盖茨离婚

各走各的挺好，成就两对佳偶。

生活区

有人问，比尔·盖茨离婚了，我们的婚姻该怎么办？比尔·盖茨离婚了，和我们都没有关系，不要过度延伸。婚姻就像是两个巴掌，一定要一起拍才能拍得响，当一个不愿意拍了，另一个怎么拍得响呢？所以有的时候，我们可以勉强两个不和的人维持一辈子关系；但是有的时候，拆散一对怨偶，让两个人各自找寻未来，成就两对佳偶，也不见得差。

婚姻就像是两个人一起旅行。一个人说："我累了。"另一个说："那我陪你。"于是两个人坐在路边，一起享受静下来的生活。步调一致，一起走一生，多好？另外一种可能，一个人说："我累了。"但是另外一个人说："我还要走。""那把属于我的部分留给我，然后你继续走你的路吧。"于是，两个人各自找寻适合他们的未来，这不是也很好吗？

家庭百货

货架

3

商品编号
S-J-052

骤然离世

瞬间拥有一切，瞬间失去一切。

生活区

“父母突然都离开了我，他们留下很多财产，看着家里的房子和陈设，我一下子拥有了一切，却也失去了一切。每件妈妈买给我的衣服、爸爸买给我的摆饰，都是痛！连他们常坐的椅子、常去的地方，我都不敢面对。他们留下的愈多，我的悔恨愈深：为什么他们活着的时候，我没想过他们会死？”小女生说完，掩面哭泣。

商品编号

S-J-053

手机子女

你有怎样的手机？你是怎样的子女？

生活区

子女有两种，一种在手机里，可以兴奋地听他们的声音，可以得意地“秀”给朋友看；还有一种不在手机里，也可能不值得你“秀”，但他们本身就是你的手机，跟在你身边，为你联络，为你摄影，为你挂号，甚至在你病危的时候为你通知亲人，叫那些躲在手机里的孩子回来，见最后一面。

你有怎样的手机？你是怎样的子女？

商品编号
S-J-054

母亲节

为妈妈过母亲节，子女应该坚持做主。

生活区

中国母亲常为子女安排一切，怎么穿、怎么吃、怎么读书、怎么存钱、怎么找对象，很多子女因此失去主见。妈妈甚至连怎么过母亲节都会指导孩子："省点儿！别买礼物给我，妈妈不爱这一套，你有心就成啦！"

她这么说，子女就顺水推舟算了吗？错！为妈妈过母亲节，子女应该坚持做主。妈妈会深深感动：孩子终于长大了！

商品编号

S-J-055

老人

他最需要你爱的抱抱。

生活区

对老人而言，冷清的大房不如温暖的小屋，满桌的佳肴不如易嚼的小菜，逢年过节的大红包不如平常回家给他的小点心。

当老人说最爱喝的是那碗汤，最喜欢的是那身睡衣，最爱待的是那间小屋，表示他真的老了，像要退回婴儿时期躺在小屋的小床上喝奶。

常去搂搂他吧！他最后需要，却不好意思说的，是你爱的抱抱。

商品编号
S-J-056

高学历妈妈

高学历妈妈也值得做全职妈妈。

生活区

如果各方面条件允许，能不能选择做一个全职妈妈？

当然可以。你要知道，一个好的妈妈可以教育好的下一代，甚至好几代，所以妈妈对孩子的影响是非常大的。你看犹太家庭，他们常常是男性出去工作，太太在家里带孩子。有的太太拿到硕士、博士学位，依然在家里带孩子，这是浪费社会资源吗？你要想想，一个受过高等教育的妈妈，她培养出来的孩子会不会有些不一样呢？这个世界是需要那些“不一样”的。所以如果你想做全职妈妈，就去做吧，你很可能造就不平凡的子女啊！

商品编号

S-J-057

孝心

父母临终前才想起表现孝心的
子女，应该骂。

生活区

愈是少在父母身边的孩子，父母临终的时候愈会跟医生发脾气。

一位医生说得妙：

“愈是少在父母身边的孩子，不知为了表现孝心还是心里有愧，父母临终的时候愈会跟医生发脾气。发啥脾气啊？要我救你父母多活几天？可是过去几十年你到哪儿去啦？请问：海归名医，你大牌，你给你妈量过几次血压啊？服装大款，你有钱，你给你妈做过几件衣裳啊？对了，除掉最后那件！”

商品编号
S-J-058

独立

独立出去的念头很早就在酝酿。

生活区

子女跟父母大吵一架离开家，吵只是爆炸点，真正的原因是子女大了，该走了。

长大独立是当然，出去的念头很早就在酝酿，父母不觉，甚至子女也不知，黏着父母跟自立门户的心情相矛盾，终于到那一刻，爆发了！

找个理由发作，提起行李流着眼泪冲出门。

别急！就像消失的猫咪，很可能改天回来，带一个，牵一串。

商品编号

S-J-059

童年

即使生活满目疮痍，也别就此沉沦不起。

生活区

童年家里失火，烧得片瓦不留，连院子里的曼陀罗都烧焦了。母亲在边上盖了间小草房，因为漏雨，后来又加建一间石棉瓦的房子。废墟的右边可以看见唯一没有被烧毁的粪坑，每次夜里上厕所，看四周人家的灯火，都很凄凉，也很美。

有天夜里，窗外飘来花香，曼陀罗不但复活，还开了满树的花。草房内母亲在缝衣，门口我的猫正和狗打架，猫总赢，让我很得意。

商品编号
S-J-060

富养

即使没有城堡，你也是有战马的公主。

生活区

什么叫富养？其实富养的核心道理，是父母尽最大的努力让孩子过得好。我以前在文章里写过的，我对女儿说："爸爸不能保证未来的那个男人会对你好，但爸爸一定会对你好。"

女孩要富养，更重要的是让她不受外面的诱惑。我有个朋友常常跟他女儿说："你是有城堡的公主，所以不要在乎别人怎样来诱惑你。"

问题是如果家里没有房子，没有城堡怎么办？你可以对女儿说："你是有战马的公主。爸爸做你的战马，爸爸带着你，爸爸保护你。"

商品编号

S-J-061

穷养

新穷养：于山穷水尽时，能独自应对。

生活区

男孩子要穷养，我想这可能跟旧时代的观念有关系。那时候讲究“天将降大任于斯人也，必先苦其心志，劳其筋骨”。有的人，孩子生下来就把他放到冰水里洗澡，长大一点儿又把他放在冰天雪地里忍冻受寒。似乎这样做，孩子将来才能面对各种困难。

问题是，现在还是动不动就会发生饥馑灾荒的时代吗？现在的“男孩子穷养”应该是不一样的。譬如对孩子说“这件事情，你得自己解决。爸爸妈妈不能帮你”，让他面对困难，自己想办法解决，逐渐获得独立思考、独立承担责任的能力，这也是穷养。

商品编号

S-J-062

起跑线

该不该早点生？

生活区

看新闻，孕妇们为了抢在九月一日前生产，各医院都忙疯了，单单一家医院就有65个需要剖宫产的，连怀孕才八个月的都要求早生，唯恐孩子输在起跑线。

问题是幼儿的发育差几天是几天，太早入学非但占不了便宜，还可能吃亏落后，失去自信。

想想，心急的父母硬把不足龄的孩子送上起跑线，他能赢吗？只怕还要输在起跑线啊！

商品编号
S-J-063

不操心

过度操心的父母或成绊脚石。

生活区

我的儿子刘轩在参加《我是演说家》。比赛之前，我提醒他上祖国大陆的节目不简单，高手云集。但刘轩硬是去了，而且居然拿到第一名。他的表现令我惊讶，也自我检讨：幸亏当初他没有被我吓到打退堂鼓。儿子有儿子的世界，尤其在他成年之后，应该完全放手，让他自己去闯。过度操心的父母，非但不是助力，还可能成为绊脚石。

女儿也一样，我女儿大学刚毕业就去北京工作，起初连公司里基本的文书都不会处理，还胆大地一个人去“中影”申请美国电影《饥饿游戏》的审批，那里的人一边笑她，一边教她。小丫头居然由个社会新人，一步步学习，后来担任成龙的电影监制，两年之后被美国华纳兄弟公司挖去，做中国投资部的经理。从头到尾，我和她妈妈虽然很关心也很紧张，但是从没给过任何建议。

商品编号
S-J-064

早产儿

爱是会隐藏、会酝酿、会累积的。

生活区

看到新闻报道，有个非常早产的婴儿，原本被认为很难存活，但是在保温箱里，每天接受亲人对他的抚摸和倾诉，居然一天天强壮起来，如今健康地出院了。

这让我感触很深。不要认为刚诞生的婴儿什么都不懂，其实即使眼睛还看不清，他们已经在感觉有没有被疼爱。所以照顾婴儿不只是照看，也要表现对娃娃的疼爱。一个人在幼年时代有没有得到关怀、得到照顾、得到足够的爱，可能影响他一生。

越是在爱中成长的孩子，越懂得付出爱，越会关怀这个世界，越会同情弱小者。所以当一个孩子表现得无情，甚至在成年后没有同情心和同理心，我们在责怪的同时也要对他付出爱与关怀。别认为那已经迟了，要知道爱是会隐藏、会酝酿、会累积的。没有人真的无情，即使他当下反应冷漠，甚至表现得不屑，你付出的爱总会埋藏在他心中，一点儿一点儿修补他受伤或者缺损的部分。

商品编号

S-J-065

干扰

不延续，不受扰，不扭捏。

生活区

教孙女朗读，叫孙子在旁边观摩，不准动，不准出声。看孙子扭来扭去，难受极了，我说："别受不了，过两天也让你朗诵。"

孙子突然不扭了。我接着说："但是过几天，姐姐朗诵的时候，需要你在旁边自由活动、跑跑跳跳。"看他一下子愣住了。

我说："因为要训练姐姐不受你的影响。这样上台演出的时候就不怯场，也不受台下的干扰。"

这是我训练学生演讲的方法，上一刻我还跟学生有说有笑，下一刻突然下令："上台！"

学生要立刻进入状态，大方地演讲。

这是敬业和专业的表现，既然要演出，就百分之百投入，不延续上一刻的个人情绪，不受任何外界干扰，更不扭捏造作。

商品编号
S-J-066

尊重课堂

要出头，更得不要面子。

生活区

今天教孙女朗读，她哭了！

过去我纠正她，她都不哭，今天大概因为她的妈妈、干妈和小朋友都在，我又是临时抓一篇要她朗读，还纠正她走路的样子，所以她躲回卧室哭。

我跟进去问："要继续朗读吗？"她哭着点头。

我再问："要放弃比赛吗？"她摇头。

我说："这就对了！你姑姑小时候，我教她朗读，她也会突然蹲到桌子后面，隔一会儿再红着眼睛站起来。还有你爸爸，高中练习演讲，被我纠正，他气得回房间一拳打在墙上，把石膏板打了个洞，但是他后来得到全纽约市的演讲冠军，现在成为有名的演说家。"

晚餐时，我提这件事，儿子笑说："小孩也要面子嘛！"

我说："对，要面子，但是因为要出头，更得不要面子。受磨，受气，有一天才能赢得大面子。"

商品编号
S-J-067

意志力

孩子的意志力取决于家长的不妥协。

生活区

心理学家发现，一个孩子未来成功与否，意志力比智商更重要。聪明可以学得快，却不一定用得久。反而有意志力的孩子，坚持到底，可能学得更扎实，领悟也更多。

天生的智商很难改变，意志力却能从小训练。举个例子，当你问孩子问题，他答不出的时候，你千万不要立刻给答案。让他自己想，如果他当时想不出来，你可以等。然后隔一阵儿，冷不防地问他："我要你找的答案，你找到了吗？"这样次数多了，孩子知道你不会妥协，会追问到底，他就不会打马虎眼。相对地，如果问他的事情，他答不出，让他做的事情做不到，四周的大人立刻帮他答了，帮他做了，或者不了了之，孩子就不容易养成坚持到底的个性。

所以希望孩子有意志力的父母，自己先要有意志力。你的不妥协，会使你的孩子不妥协；你的锲而不舍，会使孩子锲而不舍；你做事不虎头蛇尾，孩子也能坚持到底。

商品编号

S-J-068

不讲理

不讲理的父母，容易养出问题孩子。

生活区

什么样的父母容易养出问题孩子？答案非常简单，就是不讲理的父母。今天他们高兴，孩子做了什么错事，他们都好像没看到；今天他们不高兴，孩子做错一丁点儿事，他们都大大地责罚、斥骂。问题是，孩子是不是就变成了不是就事论事，而是观察父母脸色、揣摩父母情绪的人？揣摩，容易没有安全感，容易讨好，容易撒谎。所以父母先要讲理，而且要有稳定的情绪。

商品编号
S-J-069

贬抑子女

中途叫好，不遗余力。

生活区

中国人常用贬抑自己的方式表现谦虚，问题是许多人也会贬抑孩子，孩子表现得杰出不赞美，有点差错猛责骂，理由是“好是应该的，何必多说？犯错当然要骂”。这造成很多孩子一辈子没听过爸妈半句赞美。

但是在人生的长跑中，早一步离场的父母，既然不能等在终点为孩子挂上花环，还要错过在中途为他们鼓掌吗？

商品编号

S-J-070

好好说话

警惕好心的叮咛却用质问的方式表达。

生活区

“多穿点衣服，你想冻死吗？”

“多穿点衣服，别着凉了。”

“这水果你还吃吗？”

“把水果吃了吧！”

乍看这些句子没什么不同，其实前者是质问，后者是叮咛。

许多人连好心的叮咛都要用质问的方式表达，这种说话习惯可能一代传一代，如果上一代难改，下一代一定要警觉，从自己开始改正。好话好说，别好话坏说。

商品编号

S-J-071

长大

有个胳膊肘往外拐的女儿，容易吃醋。

一位妈妈对我说:“虽然我女儿已经大学毕业，但我还是把她当小孩看，直到昨天她把男朋友带回家，我往她盘里夹菜，她居然给男朋友夹菜。我问那男生问题，她还拦着！以前这家里我是母鸡带小鸡，现在她也变成母鸡，是真的长大了！”最后这位妈妈说，“我今年不给女儿红包，因为她都没给我夹菜！胳膊肘往外拐，拐得可真快！”

商品编号

S-J-072

试错

船到桥头，撞了，直了……自己直的。

生活区

朋友对名校毕业的女儿说:“你功课好,去读医学院。”女儿不听,跑去剧场做带位小姐。带了一年,累惨了,自己偷偷申请进医学院。朋友说:“听我的话,去年就进了。”女儿说:“现在也不是听你的话,是听我自己的话。我的人生我选择,失败成功我负责。”那朋友私下对我说:“船到桥头,撞了,直了……自己直的。”

商品编号

S-J-073

设计

创造机会让一家人更亲近。

生活区

儿子刘轩一家来纽约度假，我指着院子里的木莲花树，对儿子说："那上面有些枫树的枝叶遮住了木莲的阳光，帮我把枝子锯掉吧！"刘轩立刻跑了出去。我又对楼上的儿媳妇喊："你老公去锯树了，他用梯子，草地软，梯子容易歪，快去扶着，别把你老公摔伤了。"

儿子锯完树，我说："别走，来！你看这个花圃的小墙歪了，帮我整理一下。"又回房喊孙子孙女："你们的爸爸需要帮忙，快去！帮忙把花圃里的野草拔拔。"再回头叮嘱刘轩："教他们只拔这里的就好，不要拔别的地方，以免碰上毒草。"

看儿子一家四口蹲在地上忙活，接着我就回房间，隔着窗子看热闹。

（其实这一切都是我早设计好的，让儿子带着媳妇回忆童年，让孙子孙女觉得爷爷的家也是他们的家。顺便夸一句，还是儿媳妇会说话，进来说："谢谢 Daddy 给我们这个机会。"）

商品编号
S-J-074

101 岁

岳父 101 岁高寿，拥有三个 iPad、两台电视。

生活区

我岳父在纽约过101岁生日，老先生除了耳朵不太好，还是精神矍铄，拥有三个iPad、两台电视。他看电视必吃零食，还爱啃鸭翅膀、吃泡面，每天早上第一个看报纸，看完之后折起来，看起来好像没人动过。他的眼睛不好，但是写很小的字，整整齐齐像印刷品。他不懂英文，但是看天气预报，而且报道给全家。他搽发霜，熨烫衣服，欣赏漂亮女生，打麻将还都赢，可惜牌友多半没能撑过这次疫情，但他还是急着要回老人中心找牌友、摆龙门阵。两个女儿、干儿子夫妇、小帆和夫婿为他庆生，越洋家族视频，老人笑说他一不小心就活过了100岁，大家则说他已经不是人瑞，而是“人端”了！

对了，忘记提我岳母，她老人家94岁了，最近在背《琵琶行》。

商品编号
S-J-075

花

画是"花"订的，慢一点儿花就凋了。

生活区

儿子看我感冒还急着画画，问是谁订的。

我说，是“花”订的。

看到花开，有感动就得把握，慢一点儿花就凋了。

花开堪画直须画，莫待无花空折枝。

商品编号
S-J-076

压力

谁言吾辈不抗压？

生活区

常听人批评现在的年轻人没有抗压性，但是想想，一个人从小到大有多少考试，压力能不大吗？真正的问题可能是考试的压力太大，生活的压力太小，父母只要求考试考得好，其他时候都宠着，造成孩子的抗压能力不均衡。有一天进入社会，要同时面对工作与生活，什么事需要负责到底？什么事可以撒手不管？一时没有了重心，才会一下子乱了套。

商品编号
S-J-077

墓碑

人活的时候比，死了还要比吗？

生活区

母亲冥诞，我们去扫墓。四周又多了些新坟，每个都一模一样。记得当初问墓园管理员，如果一次买很多地，是否可以做大点的墓。管理员一愣说：“再大的棺材也就那么大，你可以买很大的地，但是墓碑必须跟大家一样。人活的时候比，死了还要比吗？”

处事味素

货架

4

商品编号
S-C-078

礼貌

这世界上投资效率最高的是“礼貌”。

生活区

这世界上投资效率最高的是“礼貌”，只不过多点个头、多说声好、多拉个门、多让个座，就算不能立即得到回应，时间久了，也能建立你的良好形象，甚至影响整个社会的氛围。

不好意思向陌生人问安，就像不好意思对父母说“我爱你”。富而好礼，是大家的责任。要从个人做起，从家庭做起，从今天做起。

商品编号

S-C-079

旧友

远别虽非等于暂死，至少变得陌生。

生活区

世事浮沉，人的变化也快。小时候关系好极了的朋友，多年不见，他乡遇故知，虽然还能热情拥抱，但是谁能确定抱的那个人，还是原来的样子呢？

如果这时候他搂着你的肩膀，说出一堆他的计划，要你跟他合作，你就算脑海里浮现出小时候穿一条裤子，一起挨骂挨打，护着哥们儿的往事，也得三思啊！

连家人都一样，钱锺书在《围城》里说得好：“远别虽非等于暂死，至少变得陌生。回家只像半生的东西回锅，要煮一会儿才会熟。”

商品编号

S-C-080

沟通

恶语伤人六月寒。

沟通，最忌伤人自尊。问题是愈亲近的人愈没忌讳，愈口无遮拦。

“你为什么这么胖？”“看人家都比你强！”“我怎么这么倒霉，碰上你这样的！”每一句都像尖刀扎在人心上。其实那些尖锐的话，是因为恨铁不成钢。“恨”变成恶毒的语言，却不知“恨”的真正原因是爱。结果愈爱愈伤，伤了自己和自己的最爱。

商品编号
S-C-081

同学会

带着十足的自信高高兴兴地去参加同学会吧。

生活区

毕业后混得不好，还要不要参加同学会？

我发觉参加同学会前，每一个女生都会好好地打扮自己，做头发，如果有时间准备的话，甚至会去美容，当然也会比较个人的成绩。但是我觉得，我们每个人都要有自信，要接受自己，要欣赏自己。我们的生命很长，今天你混得不好，明天可能混得很好。如果在一群混得很好的同学当中，你虽然混得不好，但是泰然自若，谈笑风生，那更显示了你的格局。所以对自己要满意，总要满意，带着十足的自信，高高兴兴地去参加同学会吧。

商品编号

S-C-082

回报

来而不往非礼也。

生活区

不要认为什么都是理所当然，没有人天生欠你的，所以说“来而不往非礼也”。问题是有些人从小就被伺候得无微不至，从来不懂得回报，直到朋友渐渐冷淡疏远，他都不一定知道原因。所以我们要想想对人有没有亏欠，如果自己有的多，是不是可以把恩泽与人分享。均富可以安定社会，均福可以圆满人生。

商品编号
S-C-083

高情商法则

做好细节攒人缘儿。

生活区

到医院里探病是一门大学问。如果你事先知道你的朋友得的是什么病，最好提前了解一下这个病。你到医院看望的时候，可以和他说："我查了不少资料，觉得你这个病没有什么问题。"就算他很严重或者几乎没有救了，你也要和他说："我查了很多资料，现在马上就可能有突破，搞不好已经有突破了，你没问题，撑着，你一定会得救。"

如果能这样，你会是所有前去探病的人中，让他最高兴的一个，而且注意，不单探望一次，隔一阵你再去一次，他更是会点滴记在心头。

商品编号
S-C-084

送礼

不患寡而患不均。

生活区

过年回家送礼最难，尤其是大家族，那么多人和复杂的关系，谁送谁不送？我有个朋友曾经扛两大箱礼物回家，送到最后，不得不出去补买。补了之后还有闲话，说谁的好、谁的差、谁的是地摊货。

隔年，那朋友回乡前先列名单，按照亲疏给。不给还好，给了等于点明三六九等，还是一堆人不满意。

再隔年，他不送礼了，改为请客，大家吃一样的酒席。这次居然效果奇佳，而且亲戚抢着回请。我问他有什么心得，他笑说："不患寡而患不均，如果不能公平，与其招怨，不如不送。非给晚辈红包，就挑明了说，图个喜气，一个数！"

商品编号
S-C-085

回馈母校

愈是感念好老师，愈不应该送不当的礼。

生活区

我上初三时，有一天老师要我打开饭盒给他看："功课很烂，吃得倒是很好！明天叫你妈妈来见我！"很多同学妈妈去了之后，他们的功课就扶摇直上。我妈没去，说："告诉你老师咱家有钱吃饭，没钱补课。"

最近跟朋友谈这往事，朋友一笑："不稀奇！不久前我小学五年级的孩子回家喊'该送老师礼了'，这么小就认为送礼是理所当然，大了还了得？"

其实我也送老师礼物，上个月才送我小学母校师生每人三本书，另外捐给图书馆一笔钱。对初中、高中母校也一样，为感念师恩，我捐建的希望小学有好几所用恩师的名字命名。

我认为愈是感念好老师，愈该纠正坏老师，愈不应该送不当的礼，这样才对得起好老师！要送，最好毕业之后再送。

离舍断

不好的关系，也可以离舍断。

生活区

常听人说“断舍离”。断舍离，这一般讲的是身边的东西，我们可以戒断它，可以舍弃它，可以离开它。

这何尝不能用在我们一般的生活当中呢？我们跟别人的关系，你希望逐渐淡远，不再跟这个人往来，你也可以断舍离。不过，我觉得“离舍断”要比“断舍离”柔和得多。因为你开始和他保持距离，逐渐淡一点儿，才更可能舍弃。你舍得了，才能够断绝。所以断舍离，在很多情况下，不如叫“离舍断”。

商品编号
S-C-087

抑郁症

了解即治愈。

生活区

据世卫组织统计，全球大约两亿人患有抑郁症，每个人一生都可能在某个时期有抑郁的问题。如果我们对抑郁症有所了解，就比较能够谅解一些自己或者别人不寻常的行为。为什么明明约好的，他会无故爽约？为什么他没碰上什么大事，却无精打采，整天睡觉？为什么打电话给他，他明明在家，却一直不接？这些行为都不能以常理来推想，只有了解抑郁症，才能知道怎么沟通。

商品编号

S-C-088

从不道歉

有些人从不道歉，可能是自卑。

生活区

有些人从不道歉，也很少认错。他们不见得自大，反而可能自卑。因为他们已经自惭渺小，道歉会使他们更觉得自己渺小；他们很少被赞美，认错会使他们更觉得自己一无是处。碰到这种人，要同情他，鼓励他，赞美他，先建立他们的自信。当他们有本钱了，自然会变得大方。我们自己也要知道，犯错的时候认错、亏欠的时候道歉，非但不会减损自己，反而能显示格局。

商品编号
S-C-089

眼睛与手机

眼睛对眼睛，这是容量超大的
双屏幕。

生活区

以前小孩怕跟大人应酬，因为夹在当中很无聊。现在不怕了，可以低头玩手机。以前搭车不知眼睛往哪儿摆，现在低头看手机。以前派对里吵得没法讲话，只好敬酒递烟，现在可以各自看手机。

能减少尴尬是手机带来的好处，少了眼睛接触是坏处。每天看看彼此的眼睛吧！来！咱眼睛对眼睛，这是容量超大的双屏幕。

商品编号
S-C-090

反向操作

他不断骂你，你不停点赞。

生活区

当别人不断骂你的时候，你反而赞赏他几句，会让四周人惊讶，也令对方手足无措。

当别人不断赞美你的时候，你反而自损几句，会让众人佩服，也减轻你自己的压力。

当大家的矛头对准一人的时候，你说几句公道话，会让众人暗地佩服，也会让你结交个难得的朋友。

商品编号
S-C-091

自动驾驶

碰上没有公德的乘客，车子自动锁死，开到警察局！

生活区

可以想见，再过几年，满街都是自动驾驶的车。“来！带我去……”

这样运行的唯一条件是乘客必须个个有公德。如果上车发现既脏又臭，你坐还是不坐？你不坐，会不会被车骂？不过我想到一个点子：碰上没有公德的乘客，车子自动锁死，开到警察局！

商品编号

S-C-092

捐钱

别乱捐，捐钱大有学问。

生活区

女儿看到我捐出藏品的新闻，回信说她要快快毕业，努力赚钱，才能捐钱。我大吃一惊，心想这小鬼可别乱捐，于是回了这封信，捐献有很大的学问：

第一，行有余力，先要把自己和家人照顾得很好。

第二，要做得有意义。

第三，要开诚布公，有信用。

第四，看清楚，不要盲从。

第五，在做大的决定之前，征询亲人的意见。

第六，不为沽名钓誉。

第七，要喜舍，不要有任何不甘心。

第八，不可冲动为之。

第九，做不到就不要承诺。

第十，不要因为自己捐就逼别人跟。

商品编号

S-C-093

入境问俗

你的习惯不是普遍的标准。

生活区

美国的用餐礼仪是不能越过别人去夹菜，而要请靠近的人把盘子递过来，连盐罐、胡椒罐这些小东西都如此。问题是怎不想想换个国家，你不自己拿，还要打扰别人，可能是失礼呢？每个国家都有自己的习俗，不能拿自己的习惯当作普遍的标准。

作为行走世界的人，先要学会尊重他国的文化，可以入境问俗，但是不能否定自己。

纪念品

每样东西都是生活的纪念品。

生活区

旅游时常购买纪念品，说以后看到它就可以想起那次旅行。问题是哪样东西不能当作纪念品呢？这碗是奶奶留下的，那把椅子是爷爷生前坐过的，这件衣服是妈妈陪我买的，那只花瓶是爸爸给的，这只狗狗是路边捡的，孩子更是爱的纪念品。一家人可以常做个游戏，指着家里的每样东西回忆，让几十年的岁月再次浮现。

商品编号
S-C-095

旅行旺季

送大家几句话，免得危险先摸索到你。

生活区

到了旅行旺季，送大家几句话，祝大家旅途愉快、一路平安：

一、风景留给天地，景色留在心中。眼睛先看，照相机后看。拍几张留念就好，拍太多等于没拍。是旅行，不是搬家！得在心中，不是在手中。

二、路边的李子常苦，小便宜常跟着大麻烦。

三、心情要轻松，行李要轻便。人看紧，行李看紧。

四、除非治安极好，先看地图再出门，别露出摸索探险的样子，免得危险先摸索到你。

五、零钱要方便掏，大钱要分开放。

六、证件要存复印件，眼镜要多备一副。

七、进房间先看安全指引，睡觉时手机放在身边。

商品编号
S-C-096

李敖

李敖绝对是个 character。

生活区

我年轻的时候知道李敖计算琼瑶小说里用了多少“梦”字，觉得他太小气，不过后来发现他的学问也做得好，而且能在学术的鸡蛋里挑骨头。

有一次，我在机场看到李敖一本厚厚的作品，陈谷子烂芝麻，也写得极为生动，极为露骨，许多短文有晚明小品的功力。

李敖长在战乱年代，当同侪“乘桴浮于海”的时候，他留下来放炮坐牢；当众人谨言慎行的时候，他头角峥嵘。他能好好活到八十多岁，真不简单！

但我相信即使把他放在古代，他被凌迟了，也会一边挨刀子，一边不停地骂。英文有个单词“character”，勉强翻译成中文，应该是“有个性的人物”。

李敖绝对是个character，连他坏的地方都独树一帜，旁人难出其右。我很有幸，被他在电视节目里骂过，但我必须说：才子李敖，我佩服你！你这趟有声有色，没白来！一路好走，莫回头！

商品编号
S-C-097

迷路

只要在地球上活着，就能一步一步找到路。

生活区

每次迷路，我都会对朋友也对自己说：“别急别急！咱们不是还在地球上嘛！只要在地球上，就不会迷路。”

把这句再简单不过的话送给大家。在迷路和失去人生方向的时候可以想：只要在地球上活着，把心安下，就能一步一步找到路。

商品编号
S-C-098

过度包装

不知是爱面子还是充胖子。

生活区

不知是爱面子还是充胖子，现在的人总把不怎样的东西包装得富丽堂皇。除了浪费材料、占空间，还可能掉色、生虫、发霉。结果东西不值几文，钱都花在包装上；食物原本干净，却被包装污染，而且制造一堆留之无用弃之可惜的垃圾。所以包装最好能回收，可以精致，不必奢华。这样做不但有助于环保，还是务实的人格教育。

商品编号

S-C-099

转念

人生嘛，不能死心眼儿。

生活区

天气奇佳，想到好久没去检查眼睛，请太太开车载我去。她把地址输入导航，一路跟着导航，居然越开越远，迷路了。太太很生气，我说：“别急，又不是非今天看眼睛不可，循原路回家吧！只当出来郊游了。”才说完，两边的风景居然就亮丽了起来，先前没见到的繁花和新绿全出现了！

人生嘛，不能死心眼儿，心里不能只有单行道。

商品编号

S-C-100

自我全貌

不奢望别人看到你的全貌。

生活区

有人问我，作为艺术家要有怎样的心理准备，我的回答是：

如果你想做艺术家，先要知道这世界上除了你自己，没有任何人可以肯定或否定你。就算全世界都否定你，只要你肯定自己，你就是天才。天才不需要掌声，天才是内里的自我突破。天才走在前面，很少回头，所以不必在今生奢望别人看到你的全貌。

商品编号
S-C-101

犯错

前半生追求别犯错，后半生做好事改过。

一位牙医朋友说他早就想退休，可是不能退，因为年轻时做坏了不少牙，不能放下老病人不管。当他发现转来的病人被别的医生做坏了也不能说，只能帮忙补救，因为别人也可能帮他补救。

说完，他叹口气："人都会犯错，前半生不成熟，尽量追求别犯错。后半生成熟了，尽量做好事改过，对别人犯的错也要以同理心去宽容。"

工作区

思维盲盒

货架

5

商品编号

G-S-001

义的教育

先把王子和公主的头衔扔掉吧。

工作区

今天职场有个问题，就是那些被家里宠大的年轻人，可能学历高，却不敬业。因为后面有一群人宠他："犯不着在外受气，不高兴就回家！"

搞不好他突然不见了，还由老妈来收东西。

问题是人在江湖能说走就走吗？你的团队怎么办？所以今天非但要有义务教育，更需要义的教育：想工作吗？先把王子和公主的头衔扔掉吧。

商品编号
G-S-002

第一份工作

第一份工作，不必计较薪水。

对于你的第一份工作，不必计较薪水。只当那是学校的延伸，不但能够学到东西，还有薪水可拿，多好！当你有这种想法，就会做得高兴，给人喜气。而当你表现得杰出，老板怕你跑掉，自然会给你升职加薪。即使他没加，只要你自忖有这身价，也可以主动提出。他还不加，你有两条路可走：检讨改进，或者另谋高就。

商品编号

G-S-003

职场三大坑

学不到东西，建不起关系，还展现不了成绩。

工作区

每当年轻人找到工作却对薪水不满意，我都会说：“只要你对自己的能力有信心，就别在乎薪水。今天你需要他，当然得把姿态放低；明天他少不了你，还怕不给你加薪吗？”

做任何事都要边做边学，建立关系，发挥才能。如果你既学不到东西，又建不起关系，还不能展现成绩，那是个坑，薪水再高也不值得留恋。

商品编号

G-S-004

动气

以秒计薪，何必动气？

去商场，看见一个老太太莫名其妙地对店员发脾气，这也不对，那也不对。店员耐心极了，居然一点儿也不急，也不气，慢慢为她解说。突然，店员不说了，由另一个店员接手，为什么？因为时间到，他下班了。

虽然是很平常的事，但我想：那店员不动气，因为受气是他的一部分工作，而且顾客永远是对的。还有，那老太太耗掉了很多时间，一讲讲个三十分钟，店员也应付三十分钟，但那三十分钟可不是白做的，每分每秒都是拿薪水的。他何必动气？何必急？上班工作，领薪水回家，何必把工作中的不愉快带回家？

商品编号

G-S-005

交换

薪水可以换取你的三样东西：智慧、劳力和生命。

工作区

老板付薪水给你，可能换取你的三样东西：智慧、劳力和生命。

如果它们各占三分之一，还可以，但是当生命占了大半，你就要想想值不值得牺牲了。千万别以薪水的高低决定去留，要想象那高出的会不会换你的一颗肾、一只眼，或你十年二十年的人生。

商品编号
G-S-006

分工

藐视下属的老板与因自惭形秽
而不敬业的人同样可悲。

因为腰痛，我常找人推拿。

按摩师傅对我说:“给别人按摩没空，给您按摩没空也有空。因为别人把我当按摩的，您把我当朋友。”我说:“本来就是朋友啊！职业没有贵贱，只是分工不同，譬如扫街的人把街扫好，跟教授把书教好没什么不同，大家都在工作。职级有高低，做人要平等。藐视下属的老板与因为自惭形秽而不敬业的人同样可悲。”

商品编号

G-S-007

正负面

正面思考的人知恩惜福，负面思考的人怨天尤人。

负面的人说："大家都轻松，我为什么这么忙？"正面的人说："我担任这么重要的职务，当然比别人忙。"

负面的人说："才买的好裤子，摔一跤破了！真倒霉！"正面的人说："幸亏裤子挡着，不然非受伤不可。"

正面思考的人知恩惜福，负面思考的人怨天尤人。

商品编号

G-S-008

非要

尽己之力，不负于心。

工作区

如果你说非哪所学校不进、非怎样的女生不娶、非怎样的男生不嫁、非怎样的日子不过、非怎样的工作不做，非但不能显示你的尊贵，反而给自己上了枷锁，表现了无知与自大。

生命无常，凭什么非要如何不可？能够尽己之力，不负于心，就该满意了。

商品编号

G-S-009

招贵人

感恩的气场会招来许多贵人。

有位朋友虽然出身贫寒，学历也不高，但是一路都有贵人相助，事业非常成功。

他说他不是运气好，只是会招贵人：以前他做店员，心里念着每个进来的客人都是贵人。后来做老板，看到每位领导、同业，甚至属下，心里也念着：瞧！这一定是我的贵人。当他先认定对方是贵人，那种感恩的气场就会招来更多贵人。

商品编号
G-S-010

贵人

造就别人也是造就自己。

工作区

有个朋友早年创业时，起用了不少年轻人，而今他们都做了高级主管或分公司的经理。我赞美他是那些员工的贵人。朋友一笑："为什么不说他们是我的贵人呢？没有他们，我怎能有今天？应该说我使他们成为我的贵人。"

造就别人也是造就自己，在我们遇到贵人的时候，可以自勉：我要好好回报，希望有一天成为贵人的贵人。

商品编号

G-S-011

炒鱿鱼

炒老板鱿鱼的时刻，不是你失去他，是他失去你。

工作区

当老板叫你离开的时候，也是你离开老板的时候，从此他不再是你的老板，路横在眼前，你自由了！

自由代表你可以重新出发、重新选择，如果这时候你不能改变思维、放宽视野、检讨学习，却沉沦在失落绝望当中，就会成为真正的输家。

你炒老板鱿鱼的时刻，不是你失去他，是他失去你，而你正走向成功的下一站。

商品编号
G-S-012

东山再起

活在当下，才能把握当下。

工作区

朋友的生意垮了，从豪宅搬到铁皮屋，却毫无失意的样子。

我赞美他，他一笑：“是鸡就别扮凤凰。当下只有萝卜吃，就安心吃萝卜，吃出萝卜的味道，何必去想吃不到的鲍鱼？得意也好，失意也好，成熟的人只有认知当下，接受当下，满足当下，活在当下，才能把握当下，东山再起。”

没两年，他果然东山再起了。

商品编号

G-S-013

检讨

检讨是寻求改进的方法。

工作区

跟乒乓球好手看混双大赛，其中一位选手连连出错，另一位选手则不断放慢速度，与其窃窃私语。我说："他八成在抱怨。"旁边的专家立刻纠正我："他会检讨，但是绝不会抱怨！"

说得多好啊！抱怨是把失败的责任推给对方，检讨是寻求改进的方法。前者消极，后者积极。同事、队友、夫妻、亲子之间遇到困难，都应该如此。

商品编号

G-S-014

找工作的四条建议

学有所用，钱不能太少，有好的制度，同事还不老。

第一点，要看看你是不是学有所用。虽然你可以从头学起，但是如果你大学学了四年，最后找到的工作跟大学学的完全没有关系，恐怕你那四年光阴被浪费了些。

第二点，钱不是最重要的，但是不能太少。因为那显示了对方有没有重视你。

第三点，公司要有很好的制度。休假、奖惩，应该规定得一清二楚。任何单位想要壮大，都得先建立制度。

第四点，你要看同事的年龄。如果里面一堆老人家，结果聘了你一个年轻的，你很可能进去打杂。更糟糕的是，你可能会跟着老化。

商品编号

G-S-015

求财

只看眼前的棋士很难赢得整盘。

工作区

“钱”这个字真妙，换作贝字旁是“贱”，换作水字旁是“浅”，换作歹字旁是“残”。

求财别显得贱，铜臭别显得浅，贪渎别落得残。

“钱途”不等于前途。老年人把钱放在第一位还行，因为前途已经不远；年轻人把钱放在前面就错了，因为看得远比什么都重要。有前途就有“钱途”，只看眼前的棋士很难赢得整盘。

商品编号

G-S-016

老人单位

铁饭碗容易生锈。

如果你很年轻，却进入全是老人的单位，你有个责任，就是为他们带去活力和新观念。如果你是单位的主管，一定要尝试起用新人，如果只是朝九晚五地闭门造车，恐怕很容易被淘汰。老人要靠年轻人跟上时代，年轻人要找能发挥才能的工作。否则，铁饭碗非但变不成金饭碗，而且容易生锈。

商品编号

G-S-017

名校

名校毕业证也有“保质期”。

工作区

朋友公司缺人，我介绍了几个刚跨出名校的人，他都没用，却用了个很普通的，还对我解释：“我这里是用人的，不是训练人的。我没时间带菜鸟，而且他们可能没两天就出国了。”我说：“可是据说你用的那个人虽然打了几年工，却没做过这行。”朋友一笑：“管这做什么？职场待过就是不同，起码知道天高地厚。”

二十几岁，毕业证书是你的文凭；

三十几岁，工作经验是你的文凭；

四十几岁，事业成就是你的文凭。

就算是顶尖大学毕业，一张纸又能管用几年？不能与时俱进、温故知新，还是可能被社会淘汰。

商品编号

G-S-018

分内工作

进修和保养也是工作啊。

工作区

有个朋友，很普通的大学毕业，二十年来却看他一路往上爬，很多名校毕业的高才生，起先比他强，后来都成为他的部属。我问他为什么能够这么成功。他说：“好比有两个人在锯木头，一个人拼命不停地锯，另一人每隔一阵就停下来休息，并且保养他的锯子，我是后者。名校毕业的高才生，就像是名厂出品的好锯子，一开始显然比较锋利，但是如果不常停下来保养，后来也会钝，搞不好早早报废了。这个时代不是靠拼命就能出头的，进修和保养也是工作啊。”

商品编号
G-S-019

有度

不勉强自己走远，是因为有更远的路要走。

工作区

每天傍晚我都跟太太散步，今天还没走一半，我就说得往回走了，因为下午作大画伤了腰。

到家，太太说看我好像没事了。我说确实没大事，只有小伤，但我必须有度，因为我要对自己的身体负责、对家负责、对理想负责。

今天不勉强自己走远，是因为有更远的路要走。爱家爱事业，就算拼命，也要有度。

商品编号
G-S-020

挑战

活得久，考得多。

工作区

人生要接受不断的挑战，就像要参加连串的考试。今天人们的寿命长，考试的机会多，对考试的态度应该比以前轻松。此处不留人，自有留人处！这次考不好，下次再来过！只要肯努力，今天没赢，明天赢！

商品编号

G-S-021

职业病

无付出，无“过人”。

对于职业病，我是不怨的。如果明知会得病，我还做，不预防，是偏向虎山行，活该被虎咬。如果尽力避免了，还是得病，也算尽了力。我不能既要有过人的成就，又不付出；我不能既要成绩一次比一次好，又不拼命，拼命当然可能伤身。我们常说罪有应得，其实很多病也是“病有应得”。既然想通，就释然了。

商品编号

G-S-022

走捷径

捷径要是真好走，早就是大道了。

工作区

许多人遇到困难，明明可以解决，却宁愿求神问卜。许多人得了大病，不去接受正规治疗，却宁愿寻找偏方。

什么是算命？算命是告诉你命中注定，所以他不是教你人定胜天，而是教你认命。当你认了命，还会寻求突破吗？

什么是偏方？偏方是告诉你别的治疗方法都没用，只有它能给你希望。当你信了偏方，还会接受正规治疗吗？

每次有人跟我吹嘘他的“灵丹妙药”，我都说：真有那么灵吗？快去申请诺贝尔奖！

每当有人说可以走捷径的时候，我都会讲：捷径要是真好走，早就不是捷径，而是大道了。

社交罐头

货架

6

商品编号

G-S-023

人脉

月薪不到 1 万元，就用来拓展人际关系。

工作区

某著名企业家建议：大学毕业生若月薪不到1万元，就别急着存，可以用来拓展人际关系。不足的部分甚至可以回家找父母要。这个说法颠覆了传统观念，让我想到唐代家境富裕的陈子昂砸琴。

企业家还举了个例子，用一双筷子十分钟可夹一百颗豆子，一支筷子能夹几颗？他的意思大概是宅在家里省，不如出去找“另外一支筷子”。

商品编号

G-S-024

内定

人情攻势太厉害，你的领导得罪不起。

如果你被内定升职，千万别说。

一说就可能出现一堆敌人：为什么是你不是他？于是明明内定的是你，到时候不是你！那个职位可能从此悬着，也可能安排个八竿子打不着的外人。

不是你不成，也不是你同事没有一个中用的，是因为四周的人情攻势太厉害，你的领导得罪不起。

商品编号
G-S-025

喜气

刻薄的老板，不可能有喜气的职员。

工作区

去餐馆，服务生非常喜气，跟客人谈笑。同行的朋友是个大老板，直点头。我问他点什么头。他说："这家店的老板一定对员工很好。"我问为什么。他说："苛待员工的老板，不可能有这么喜气的职员。别说餐馆了，我到任何一家公司，进门一分钟就能知道那家的老板善不善。上位者的德行常写在下属的脸上。"

商品编号

G-S-026

回复

回复可简单，礼数不能缺。

工作区

现在年轻人回信，不知是因为忙，还是习惯，常常只回两三个字，而且意思不明。举个例子，我要他送东西过来，他回“收到了”，他的意思是送还是不送？我纠正他的错，他回“知道了”，他要改还是不改？每次收到这样的回复，我眼前都会浮现个画面，那小子（或丫头）很不以为意地撇着嘴，啪啪啪，打两三个字，把我敷衍了。

其实老一辈也有这毛病，譬如北京人说“敢情”。无论你说什么，他都好像“捧哏”似的回两个字：敢情。那个“情”字还说得特别轻，没离开嘴，又吞回去了。问题是，他同意还是不同意呢？

还有，我第一次去河南，朋友就告诉我：“我们河南人爱说‘中’。您可要注意，如果说的是重重的一个‘中’，那是真OK。如果连说‘中中中中中’，就不OK了。”

我常想，如果大人小孩都能把“没错”改成“是”或“是的”，不是既简单又礼貌，既精简也精准吗？

商品编号

G-S-027

请辞

辞得清爽，走得漂亮。

就算你翅膀硬了，也要跟那些早年提拔你的人维持良好关系。甚至当他们只能跟在后面的时候，你都得回头等待，把他们捧得高高的，强调你有今天全是因为他们，你今天的创意都是受他们的启发。

就算你非自立门户不可，也要走得漂亮，让每个人不射暗箭，还为你铺路，为你鼓掌。

商品编号

G-S-028

画蛇添足

别再强调你为他牺牲了多少。

工作区

如果看出老板已经准备加薪了，员工千万别再喊加薪。

如果老板已经说大家辛苦了，员工就别再强调自己有多辛苦。

如果对方早感受到你的付出，就别再强调你为他牺牲了多少。

这是心理，不能不懂。

画蛇添足非但没好处，还可能适得其反。

商品编号

G-S-029

见面礼

贵重礼物，接还是不接？

工作区

我在美国的大学教书的时候，曾跟研究所的同事抱怨“美国给小费的制度太麻烦了”。没想到他一笑：“那有什么麻烦？你是结账时看服务的好坏给。你怎不说留学生送礼很麻烦呢？从来不认识，一见面就送很贵重的礼物，我们接还是不接？让美国学生看到要怎么想？我们以后能给他特别的待遇吗？”

商品编号
G-S-030

准时

西方人和东方人有“时间差”。

工作区

有些朋友认为与人有约，早点到能表示诚意。但西方社会不同，当主人约你六点，你五点多就到却是失礼，因为他没和你约六点前，你早到会令他手忙脚乱，甚至侵犯到他的隐私。

无论东西方，约会最好能准时到达，或者稍迟几分钟，如果迟很多，则要先打个电话致歉，免得主人着急。

商品编号

G-S-031

答应

有时要爽快，有时要拖延。

工作区

答应人，有时要爽快，有时相反。譬如你卖东西，对方说十万元可以吗？你立刻说好。只怕他会心想自己给太多了，回去就找个借口变卦。

相对地，如果你皱眉头说太少、不行，让他急，你再勉强答应，他就心安了。会做生意的人，除了自己赚钱，也要让别人觉得划算。

商品编号
G-S-032

赞美

赞美是喜乐的表现、善缘的开始。

工作区

同事、朋友穿件漂亮的新衣服，在你前面晃来晃去，显然希望你赞美，你会不会反而装作没看到？为什么？因为不想称他的心，增加他的光彩。

问题是，这对你有什么好处？赞赏人是胸怀，与人为善是修养，帮人助攻是境界，你甚至应该主动发现别人的亮点。

赞美是喜乐的表现、善缘的开始。点亮别人同时照亮自己，何乐不为？

商品编号

G-S-033

不平则鸣

“死心塌地”可能换来心死地塌。

工作区

敌我双方握手言和时，彼此给对方的好处可能比给老盟友的还好。

人们常犯一个毛病，对“外人”比对“内人”好，只因“内人”跑不掉。这会不会是因为长久不动，大家已经忘了你的存在？“死心塌地”可能换来心死地塌。总是不怒的匹夫，有时也要“匹夫一怒”。“不点不亮”的人需要当头棒喝。“不平则鸣”的人才能一鸣惊人。

商品编号

G-S-034

说 NO

失败的人常因为他没能及时说NO。

工作区

说 NO 是门大学问。懂得说 NO 的人，保留了自己的实力，必要时才能说 YES。不好意思说 NO 的人，因为无力应付，不是马虎就是爽约，反而得不到尊重。

愈有自信，愈坚持水平，愈不怕得罪人，愈敢说 NO；愈不自信，愈是怯懦，愈怕得罪人，愈不敢说 NO。成功者常因为他有原则，知道说 NO，失败的人常因为他没能及时说 NO。

商品编号

G-S-035

说话高手

这样拒绝搭讪，是会说话的高手。

工作区

说两个我亲眼所见的真实故事给大家听：几个人一块儿出差，其中一个女生对某男生有兴趣，吃完饭的时候，小声对男生说："小心我夜里敲你的门哟。"没想到那个男生很优雅地回答："小心开门的不是我哟。"

还有个故事，也是一群人出差，一位接待方人员对其中一位女士很有兴趣，对那位女士说："晚上可以请您出去喝点酒吗？"猜猜这位女士怎么答？她说："看样子我得再来一趟。"

拒绝人真是一门艺术。

商品编号

G-S-036

道歉的诚意

立马认错，显得没有诚意。

工作区

有些人觉得道歉会伤自尊，却不知认错能够显示自信。

当众犯错要当众道歉，私下犯错要单独道歉。

被人推去道歉没有诚意。立马认错，反不如等一下再去道歉，更能显示经过反省。

商品编号

G-S-037

话语权

他打他的镲，你敲你的锣。

工作区

大家聊天的时候，经常会出现一个状况，就是“抢话”。有些人只为表现自己，硬把别人的话打断。有些人却能顺着别人的话，说出自己的想法。譬如你正说什么东西好吃，他立刻附和你说“确实好吃”，他在哪里吃过，然后顺势扯一堆。他抢了你的话，但是没给你留下抢的感觉，他是既同意了你，又表现了他自己。

还有一种人，他先打断你的话，说完之后又会停下来讲：“对不起，刚才打断您的话了，请您继续说！”

更高明的是有一种人，很专心，他见别人抢了你的话，等对方说完了，会转头提醒你“刚才您讲了一半，继续啊”，让你觉得被尊重。甚至在你都忘记自己讲一半的时候，因为他的提醒而能继续未完的话。

我建议大家检讨自己属于哪一种。你是别人打岔几句，就放弃原先话题的人吗？如果是，一定要改，因为那是意志薄弱的表现。

商品编号
G-S-038

立足之地

见好就收，别搞得歹戏拖棚。

工作区

在办公室不受重视，有些人会装病请假，好让大家知道他的重要，问题是他能装多久？今天大家觉得少了他不方便，明天还觉得不方便，再过几天，有人接手了，还非有他不可吗？

商品编号

G-S-039

忍耐

大事化小，静待痊愈。

工作区

小虫叮个包，本来会自己消掉，但是因为疼痒总去抓，可能会发炎，再抠再抓会化脓，还不注意医治，最后甚至得截肢。

无论团体或家庭的纷争，不大事化小，还去扩大纷争，都可能造成无法挽回的伤害。

所以如果只是无碍的小伤痛，除非有立即见效的灵药，否则最好忍耐它的不适，忘记它的存在，让它自己痊愈。

商品编号

G-S-040

从容

从容是风采、自信，也是礼貌。

从容是风采，也是礼貌。如果你跟朋友早就约好，到时候却满头大汗，进门先跑去厕所，或者手上拿着吃一半的食物，表示你很匆忙，对方少不得要说不好意思。

从另一个角度想，你让对方为难，就是不礼貌。这也显得你不够重视这个约定，未能早早准备。

所以就算你前一刻赶死，进门前也要整理一下，表现得从容。

商品编号

G-S-041

聪明

聪明又会观察，更能发现别人的优点。

渡鸦会滑雪，浣熊会按电铃，山鹊会开奶瓶。朋友感叹：“小动物都愈来愈聪明了！”

我说：“怎不讲人也愈来愈聪明了？因为有了新的摄影科技，以前观察不到的现在都看到了。所以越聪明细心的人，不是越觉得别人笨，而是越会观察，越能发现别人的优点，越能欣赏与自己不同的人。对人这样，对万物都如此。”

商品编号

G-S-042

团队

不出个人风头，要求团队胜利。

人生像足球赛，靠技术，靠体力，靠团队，靠运气！要会缠，要会踢，要会顶，要会装！总是起起伏伏，很难顺到底；难免跌跌撞撞，很难不受伤。

为了稳住阵脚，可以退回原点；为了制造机会，可以以退为进。该是自己的要争取，力争无效再认命。最重要的是：不能只看眼前，要观全场；不出个人风头，要求团队胜利。

商品编号
G-S-043

心安理得

心安理得是最珍贵的财富。

工作区

别用很会帮人逃税的会计师，别跟有财务问题的人有金钱往来，以免他们被抓，连累你。

别让外人分享你的秘密，别因为他透露他的秘密，就用自己的秘密交换。

别让小辫子落在合伙人的手上，免得有一天翻脸，他出卖你。

心安理得是最珍贵的财富。

商品编号
G-S-044

未来

你看好他，是善心善念的祝福。

工作区

你可以否定一个人的过去和现在，但是绝不能否定他的未来。因为人活在希望中，即使是临终的病人，也会盼望奇迹出现。

所以一个人再怎么不可救药、朽木难雕，你都要说看好他的未来。你看好他，是善心善念的祝福。为别人举烛的也在烛光里，为别人祝福的总在福荫中。

商品编号

G-S-045

合群

和而不流，坚持原则。

工作区

处世是门大学问，你要以和为贵、融入群体，但是不能失去原则，所以要和而不流。

举个有意思的例子，我的孙子孙女在家讲普通话很标准，可是他们跟同学在一起的时候口音就变了，让我很不习惯。但是后来我发现，如果他们的语调跟同学不同的话，会显得格格不入，所以我对他们说：“为了跟大家打成一片，你们和朋友在一起的时候，可以用他们习惯的语调。但是对的还是对的，遇到正式场合，该发哪一种音还是得坚持。”

商品编号

G-S-046

美感距离

保持距离就是保持美感。

工作区

对外人特别有耐心的人，对家人不见得耐烦，因为他有限的忍耐力已经在外面消耗殆尽。特别喜欢对人表现爱心的人，不见得容易相处，因为他付出的愈多，心里要求报答的愈多，表面不说，却迟早因为不平衡而发作。遇到这种人，要同情他，别亏欠他，而且最好保持美感距离，别成天腻在一起。

商品编号

G-S-047

占有欲

有一种人，希望你只对他说“YES”。

工作区

有一种人，希望你对每个人说“NO”，只对他说“YES”。他挡住你通向外面的路，甚至遮住你的眼睛，让你不知道天空有多大。这种人喜欢占有，他们自己不见得追求进步，却总爱挡别人的路。他们可能就在你的身边，是你的父母、你的另一半、你的好朋友、你的好领导。他们没有恶意，甚至充满爱意，只是他们不知道自己的占有欲，可能害你一生。

想想，你会不会是被挡路的人，或正挡别人路的人？

商品编号

G-S-048

宽恕

一味地宽恕，反而给人压力。

工作区

别让人欠你太多钱。不要因为朋友总跟你借小钱，就一直给他，免得他欠多了，躲着你，或者不好意思见你。

也别让人欠你太多情。如果一个员工，不是故意，却总犯错，一次、两次、三次向你道歉，你要做的是找出问题的症结，让他不再犯错，而不是一味接受他的道歉。否则就算你不想请他走，他也可能自己离开。

一味地宽恕，反而给人压力。爱他，器重他，不是站在他的对面不断宽恕施舍，而是跟他站在一线，教他，关心他，帮他解决问题。对朋友，对员工，对亲人，都是如此。

情绪五金

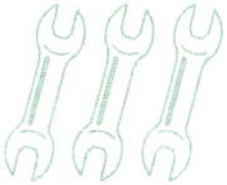

货架

7

商品编号
G-Q-049

情绪

打电话前，先调整情绪吧！

声音反映情绪和环境。在嘈杂的环境中打电话，声音一定会大；在忙碌时打电话，语气一定会急。问题是电话那头可能是正在想念你的父母、天真嬉戏的孩子，你躁切的声音反而会影响他们的心情：父母平稳的血压上升了，孩子天真的笑容消失了。所以打电话前，先调整情绪吧！那不仅对别人好，也对自己有帮助。

商品编号
G-Q-050

角度

头发剪坏也开心。

工作区

头发剪坏了，别懊恼！你可以往几个方向想：一、我自己虽然不喜欢，说不定别人会喜欢；而且我习惯了之后，会愈来愈喜欢。二、幸亏头发还会长，忍一忍就过去了，下次换个地方剪。三、幸亏我还有头发，有的怨，好多人连头发都没有。

对工作、情感……任何事情不满意，都可以从其他角度想想：

你对新的工作不满意，说不定做一阵就能得心应手，大不了换份工作。只要你有能力，就能从头开始。又譬如你对孩子不满意，要想想有人想尽办法也求不到一个孩子，毕竟你能够有个孩子。

商品编号
G-Q-051

克服抑郁

想开点，理想当然比现实来得高。

工作区

一位工作狂朋友说他克服抑郁的方法："我每天睁开眼面对的就是理想与挫折，患得患失，得了抑郁症。但是后来我想，什么叫理想？理想当然比现实来得高，既然有更高的理想就难免有挫折，有挫折则难免抑郁。我总有新理想，总对自己不满意，当然旧愁刚去，新愁又来。没人逼我，都是我自找的，又有什么好怨？"

商品编号
G-Q-052

好运

如果只有一件事不顺，就别怨了。

工作区

如果事事都不顺，你可以怨，但是如果只有一件事不顺，其他事都顺，就别怨了。

想想寓言故事里说的：嘴里叼着肉的狗，看见水里那只狗也叼着同样一块肉，心存不满而吠，结果连嘴里的肉也没了。

在追求更多好运之前，先要守住自己已经有的好运，不必嫉妒别人的好运。

总是感恩就会有更多的恩典降临。

商品编号

G-Q-053

快乐

快乐也有四大定律。

工作区

快乐一点也不难：
细心观察抢先机，
少吃垃圾多运动，
严以律己宽待人，
谋事在人成在天。

商品编号
G-Q-054

怨

怨无济于事，反而显得你在推诿。

工作区

越困顿越不能怨，因为怨无济于事，反而显得你在推诿。

怨会得罪人，使你更孤独无助。怨会让你看不清环境，更难解决问题。

倒了的树先要砍掉枝叶，才好扶起。失意的人先要放下包袱，才好站立。受苦者没有悲观的权利，战斗者没有流泪的权利，开拓者没有思乡的权利。

商品编号

G-Q-055

喜气

不能掩饰负面情绪的人是不成熟的。

工作区

处处求同情，不能掩饰负面情绪的人是不成熟的，会带衰别人，不受欢迎。所以无论多么不顺，都要维持一分喜气。肯定自己有希望，霉运将过去，明天会更好。

就算问题很多，也要告诉自己：无论多糟糕都会过去，一件一件面对，天无绝人之路。在考试、求职、回家、睡觉前和睡醒时，先要冥想一片光明：我一定能成功！

商品编号

G-Q-056

稳住不动

不是不怒，是先要稳住。

工作区

当敌人“侵掠如火”，你要“不动如山”。当大家都哭的时候你不能哭，因为流泪的眼睛会看不清楚。当左眼挨打的时候右眼要睁大，因为跟着可能飞来另一拳。当爆炸发生时，你要急着救难，而不是骂人。

“当家不闹事”和“无故加之而不怒”就是这个道理。不是不怒，是先要稳住。等待事情过去再好好检讨、一一究责。只有这样，当初平静与隐忍的你，才不会被人看扁。

商品编号
G-Q-057

成功与失败

幸灾乐祸也有自我安慰的作用。

工作区

如果你一直都成功，某一次却失败了，比你差的人可能暗自高兴：“瞧！连他都垮了，我们还伤心什么？搞不好我们还能赢他呢！”

所以从另一个角度想，成功者的失败，对失败者有安慰的作用。成功者也正可以利用这机会从神龛上走下来，把被香火熏黑的脸擦干净，鼓励大家一起奋起，带来更正面的效果和更大的成功。

商品编号

G-Q-058

挫折

不妨趴着，让对手把你看扁。

工作区

遇到挫折，第一，先不要动，如果被打倒，别急着站起来，不妨趴着，让对手把你看扁。借机会喘口气，看清楚四周，检讨，决定下一步。

第二，逼自己睡好吃饱，才有体力继续往前冲。

第三，多运动！尤其是在求职面试和谈判之前，跑一圈，洗个澡，精气神会不同，给人的感觉会更正面、更积极、更有信心。

商品编号

G-Q-059

不当人

可以主动提出，而不是偷偷埋怨。

工作区

学生对我抱怨老板不把他当人。

我问："他把自己当人了吗？"学生说："也不当人，但那是他的公司，累死活该！"

我说："很多老板是拼出来的，个性已经变成这样。他不觉得苦，也不觉得员工苦。这种人经常不点不亮，你可以主动提出，而不是偷偷埋怨。"

学生壮胆去说了，老板先一愣，说他真没想到，然后立刻改进，还给这个学生加了薪。

商品编号

G-Q-060

隐忍

能忍的不是阿 Q，是看得远。

工作区

成功常常是忍出来的。忍耐是为伺机而动，不是无为等待。小不忍则乱大谋，能够忍耐的人不是阿Q，是看得远。考虑得长远，所以近处不计较。想想你的对手很可能一路隐忍才有今天，他能忍，你不能忍，怎可能超越他？学习忍！观察对手怎么忍，心上那把刀插得越久，拔出来越有力量。

商品编号
G-Q-061

急迫

别让自己连停的能力都失去了。

急迫是否已经成为你的习惯？急着拼搏又急着放松，急着工作又急着度假，像没头苍蝇一样乱飞乱撞，只是漫无目的地赚钱花钱？工作累得肩颈酸痛、眼睛疲劳，有点空闲却急着打电子游戏说是为了放松？一杯搅动的水，怎么能让杂质沉淀？跑完工作又跑着玩耍的腿，怎能得到休息？停停吧！别骗自己了！别让自己连停的能力都失去了。

商品编号
G-Q-062

强者少抱怨

既成的事实，抱怨没用，反而让人笑话。

工作区

被人骗了，别只怪骗子，要怪自己不够警觉；在崎岖的山路跌倒了，别只怪路，要怪自己不小心；堵车迟到了，别只怪堵车，要怪自己没预留时间。受骗、跌倒、迟到，都是既成的事实，抱怨没用，反而让人笑话。强者很少抱怨，他们用抱怨的时间做检讨，暗自计划站起来之后的下一步。

商品编号
G-Q-063

生命

乐观些，留得青山在，不怕没柴烧。

工作区

起初我们得到生命，然后学到本事，再凭本事赚钱。

有一天我们遭遇了挫折，可以退一步想：

没关系，我还有钱。

如果钱也没了，还是可以安慰自己：

没关系，我有本事赚回来。

假如本事也不管用，仍然能够安慰自己：

没关系，我还有健康的身体。

如果健康也没了怎么办？

没关系，你可以想：

我还有生命。

能活着，就该感恩。

商品编号
G-Q-064

计较

太计较，不快乐。

工作区

人常因计较而不快乐。

计较没错，但和有些人不必计较：

年龄相差太大，不是长辈就是晚辈，何必计较？

成长背景不同，价值观不一样，尊重他，不必计较；

他心理有问题，要同情，不必计较；

他教养不够，该教他，不该计较；

你气他不气，不值，别计较。

每次与人发生不快时，真正要计较的是自己的计较，试着不去计较！

商品编号
G-Q-065

发现美

草地上蒲公英的黄花，真美啊！

工作区

老朋友辛苦半辈子，终于供女儿拿到硕士学位。他飞到美国参加毕业典礼，回来兴奋地说：“美国校园草地上好多蒲公英的黄花，真美啊！”我说：“你家旁边公园里不也有很多蒲公英吗？”他一愣，说：“真的啊！我以前怎么都没看到？”我说：“因为你以前供女儿出国留学，总是忙着赚钱，缺乏闲适的心情。现在担子终于放下了，换了一种心情，也换了一双眼睛。”

商品编号

G-Q-066

生病和失业

生病和失业都不完全可悲。

工作区

生病和失业都不完全可悲。

只要病能很快治愈，失业能另谋生路，都是休息和反省的机会。相对地，生病了却不趁机休息，让自己更强壮，失业了却不借机反省，让自己更充实，才是可悲的。

商品编号

G-Q-067

一无所有

失败和贫穷能激发反弹的力量。

工作区

投资圈有句名言:“让低价反弹的是低价。”

同样的道理，“让失败者成功的是失败”，“让贫穷者富有的是贫穷”，失败和贫穷能激发反弹的力量。

你愈一无所有，愈没包袱，愈能背水一战。香港股民有所谓“跳楼指数”，意思是听说有人跳楼，就到买点了。

当你绝望的时候，一定要往正面想：那是你成功的开始。

商品编号

G-Q-068

果子

果子里面的滋味只有果子自己知道。

工作区

没剥皮的果子，很难知道甜不甜。每个人都是果子，外表看起来漂漂亮亮，里面的滋味只有果子自己知道。

世上的辛酸太多了，但是都被果子们藏在里面。

不必猜想也不要羡慕别人的果子有多甜，就安心守着自己这个吧！

偷偷尝自己的苦，也尝自己的甜，且无论酸甜苦涩，都无怨无悔、潇洒豁达过一生。

商品编号

G-Q-069

孤独

死亡是永远不知道的孤独或不孤独。

工作区

离家去远方求学会经历孤独，毕业失业会经历孤独，失恋丧亲会经历孤独，临终无助会经历孤独，而死亡是永远不知道的孤独或不孤独。

行动饮料

货架

8

商品编号
G-X-070

实习生

实习趁早，经验吃饱。

工作区

很多美国学生早早就做实习生，他们知道未来求职需要实习经验。

那代表一个人能不计金钱从基层开始；就算家里有钱有势也愿放下身段；还显示父母开明，让孩子自己发展。

正因如此，很多在校生已经有很丰富的社会经验。甚至因为学生努力，逼得教授非进步不可，这样学校与社会才不致脱节，学生才能不在假期荒废时间、放纵自己。

商品编号

G-X-071

一鼓作气

一鼓作气方成事。

工作区

许多人不能成功，不是因为实力不够或者不努力，而是因为做事不能一鼓作气。一鼓作气不是逞匹夫之勇，而是一环扣着一环，有计划地行动。正因为要一环扣着一环，所以时间要把握得精准，任何一环出问题都可能前功尽弃。

爱拖延的人不会一鼓作气，没计划的人无法一鼓作气，不能坚持的人更不可能一鼓作气。

商品编号
G-X-072

功课

见到猎物再上膛，多半已经来不及。

工作区

有个人很会投资房产，往往别人还在犹豫比较，他已经下手。

他说得好："先了解战场，再布阵。我下手快是因为早就做足功课。见到猎物再上膛，多半已经来不及。对陌生的地方尤其要慎重，与其匆匆决定不如先租后买。手中可以没股票，心中不能没股价；问掮客不如问邻居，做住户不是当过客。"

商品编号
G-X-073

助理

快速回信即尊重。

工作区

有个朋友最近事业大顺，原因是他得到一位好助理。朋友说得妙：“我以前接到邮件会看，但除非是急事，否则不会立刻回信。这个助理帮我管理邮件后，就算我们坐在车里，他也边问边帮我回。才一个月，大家就发现我不同了。其实我过去也都会回信，只是没这么快。现在发现，一个人的回信速度显示了他对人的尊重程度，所以快速回信能给人留下好印象。”

商品编号

G-X-074

抢先

敢的人可能牺牲，怕的人连牺牲的机会都没有。

工作区

我年轻的时候，曾经主持一个电视益智竞赛节目。题目出来，由两队抢答。我发现常常当一队还在想答案的时候，另一队已经按钮了。其实他们在按钮的时候，还没想到答案，而是利用按钮的两三秒间，把答案想出来。就算想不出来，大不了答错扣分，总比让对手抢得先机来得好。

今天的成功者常常是梦想家、实践家、冒险家的混合体。企业也需要员工具备这三个“家”的品质：天马行空的创意，脚踏实地的努力，加上敢于冒险的魄力。敢的人可能牺牲，怕的人连牺牲的机会都没有。

商品编号
G-X-075

出手

能出手就出手。

工作区

打定主意买某样东西，最后什么也没买。

不是没才能，只怪眼高手低；

不是不想，只怪想得太多。

如果你还年轻，别怕错。

错了可以重新来，别怕打不准，趁着子弹够多，能出手就出手吧！

商品编号

G-X-076

怯懦

因为被动，很难成为赢家。

工作区

我们常说怯懦的人不敢直视别人的眼睛，其实这种怯懦更表现在“面对事情”上。碰到问题很多人会闪躲，甚至装作没看到，再不然等着别人反应再跟进。

问题是：可以不直视眼睛，不能不面对拳头。跟在后面的只能装模作样！英雄要主动进攻，决胜千里之外。那些拖拖拉拉，等敌人敲门才抄家伙的人，因为被动，很难成为赢家。

商品编号
G-X-077

拖延

拖延时间就像欠钱。

工作区

拖延时间就像欠钱，如果你不能在最有钱的时候把钱还掉，不能在最有体力的时候把事情做掉，就可能拖欠一生。

这是再简单不过的道理，人人都懂，却多半做不到。

误一生，常因为“拖”。

责任制

加班不断，费人费电。

一位老板对我说："以加班表示认真是不对的。我们公司采用责任制，有人下午三点就下班了，有人拖到深夜还没做完。你说谁棒？"

所以那些总加班的人要先检讨，是不是白天"摸鱼"，晚上加班。

做老板的也要观察，看起来忙死了的员工，是真忙还是无能。

总加班的公司，费人又费电。

开不了几枪就发烫的枪管难挡大敌。

商品编号
G-X-079

开会

有些会议旨在“自我安慰，继续拖延”。

开会有好处，开得不好却能误事。很多单位爱开会，从上班到下班，一会接着一会，问题是，常常会议有了结果却迟迟不执行，搞不好又推到下一次会议决定。这种会议往好处想是深思熟虑、集思广益，说难听点，只是借着开会逃避：“我们正在积极进行，没看见我们不断开会吗？”结果领导在会议上发挥一番，责任交给大家分担。会开完了，人也累了！似乎有收获，其实没决定；表面很积极，其实在逃避。这种上面不敢做决策，下面不敢有行动的会议，毋宁说是“自我安慰，感觉良好的拖延”。

商品编号
G-X-080

尊重时间

尊重，从尊重时间开始。

工作区

有一种人时间总是不够用，你打电话给他，他匆匆忙忙地接；你托他办事，他显得很急躁。问题是你却常常看到他看手机、玩游戏，再不然拿起电话就聊个没完，甚至走在路上碰到熟人，也可以黏在那里大半天。这种人是真没时间还是假没时间呢？他在浪费时间之后，那种焦虑不安的样子，十足地让你相信他在争分夺秒，也使你不敢占用他一点点时间；只是一转眼，当你发现他根本不把时间当时间，则会有受屈辱的感觉。

不尊重别人的时间就是不尊重别人。不尊重自己的时间，却表现得忙碌，也是不尊重别人。

商品编号

G-X-081

迟到不见

如果超时却不先打电话，就算到了也不见。

一个企业老板对我说他最近在面试，如果新人迟到十五分钟以内，他还会接见，如果超时却不先打电话，就算到了也不见。

我说，你怎不想想如果那是个人才呢？老板说：“如果你投篮奇准却运不好球，接不到球，准又有什么用？这是个互动的社会，我从没见过一个连自己的时间都管不好，又不尊重别人时间的人能够真正成功。”

商品编号

G-X-082

时间效率

一个人能不能成功，跟他利用时间的效率有很大关系。

工作区

每个人的时间都是一样的，一个人能不能成功，跟他利用时间的效率有很大关系。

在办公室里有些人很会利用时间，倒杯咖啡，上个洗手间，送份资料，到其他办公室找同事讲话，出去吃午餐……许多事情可以顺带完成。相对地，那些不会利用时间的人可能重复地跑进跑出，看起来很忙，其实是不会用时间，再不然就是借机“摸鱼”。

商品编号
G-X-083

人生态度

一件接着一件积极计划，才能累积成功的效力。

当上一件事刚成功的时候，就要赶快计划下一件事，而且要尽快完成，使得成功的效力可以累积。很多人只有昙花一现般的成功，都因为太沉醉于眼前的掌声。

梁实秋先生说：“当上一件事将要完成的时候，开始做下一件事，这就是人生。”很多人不了解他的意思，其实是讲积极的人生态度。

商品编号

G-X-084

赶时间

赶是为了不赶，不赶才有能力赶。

工作区

有位朋友搭地铁，在楼梯上看车要开了，拼命跑，摔伤进了医院。我问他有急事吗，他说没有。我问他下一班车要等很久吗，他说三分钟。我问那为什么赶，他说不知道！

这就是现代人的通病，没事也赶！岂知战争是为和平，工作是为休闲。赶是为了不赶，不赶才有能力赶。最好的方法是常常问自己：我要赶去死吗？

商品编号
G-X-085

眼前的路

盯着眼前的路，朝向心中的山。

工作区

当你遭遇严重打击，甚至身败名裂的时候，不必看你周遭的人，因为那些人眼光里有嘲笑，只会对你造成更大的伤害。但也别停下脚步，因为四周的人会借机一拥而上修理你。

你只需盯着眼前的路，朝你心中的山头勇往直前。渐渐地，骂你的人会被你抛在身后，当你从高处俯视他们，那些鄙视的眼神就会成为仰望。

商品编号
G-X-086

起音

做任何事，“起音”都得慎重。

工作区

无论你的歌喉有多好，只要起音没抓好，中间唱不上去就砸了！

做任何事，“起音”都得慎重：应征工作，你要求多少薪水？签约出版，你要多少“印数”？商业谈判，你抓什么底线？朋友合作，你要怎么分成？当你“起音”高了，可能“拿不到”，也可能断了自己未来的路。所以人要自知！有多少能耐定多少价！

商品编号

G-X-087

骑马找马

一般人最好摸着石头过河，骑着马找马。

破釜沉舟虽然显得出魄力，逼得出潜能，但是一般人最好摸着石头过河，骑着马找马。

因为脚下踩的无论大石小石，毕竟稳些；胯下骑的无论驽马老马，毕竟高些。

稳与高能够增加气势，有了气势才好谋划！有了退路才好进取！先守住桥头堡，才好出兵过桥。

商品编号

G-X-088

变动

稳中求变，变中求稳。

工作区

安于平稳的人难有大的进步，忙于变动的人常有大的伤害。把平时当作战时可以避免陈腐，在战时表现平稳可以安定民心。

平常出小错也得好好检讨，以免出大错；非常时期出大错，也别急着责难，要先应付眼前的变局。

小题大做，大题小做，稳中求变，变中求稳，就是这个道理。

商品编号
G-X-089

本钱

年轻的本钱，即使存着不用，
仍会自然消失。

工作区

你一定常听人说“年轻就是本钱”吧？

问题是你会不会觉得那是应酬话？

你会想怎样利用那笔本钱投资吗？

你有长短期的规划吗？

你会用小钱赚大钱吗？

你会用贷款逼自己完成理想吗？

你会把握年轻的记忆和创意，并且时常检视“余额”吗？

年轻的本钱跟真钱不同，即使存着不用，仍会自然消失。

快把握年轻的“保质期”啊！

商品编号

G-X-090

眼里有活儿

没工作的时候主动开发业务。

工作区

一位好老板在淡季要创造工作，让员工不会无所事事、人心惶惶，生怕没有工作，最终失去工作；一个好员工要眼里有活儿，没工作的时候主动开发业务，无愧每一分薪水。

一个有出息的人，就算失业也不留白，他会不断进修，随时准备出征。

这些人就算在市场不景气的时候也能突破，他们不会守株待兔，坐以待毙。

商品编号
G-X-091

不断气

创业常从“尸堆”起步。

工作区

创业的成功常是从“尸堆”中起步的。那些“死者”可能并非敌人而是战友，大家一起创造，一起展示，可惜孤军奋战没有救援，最终因体力不支倒地。只有坚持不断气的一两个挣扎着站了起来，成为“尸横遍野”的最高点，被远方的人群发现，惊讶，惊叹，掌声响起。

要成功吗？先要敢于创新、忍受孤独、坚持到底，而且坚持不断气！

商品编号
G-X-092

千里马

要自我期许，做千里马，跑千里。

工作区

是有伯乐才有千里马，还是有千里马才有伯乐？没有千里马当然还有伯乐，只是伯乐不会被认作伯乐；没有伯乐也会有千里马，只是它自己不会跑千里，所以称不上千里马。每个人都要做伯乐，相信从平凡中能够看到不平凡；每个人都要做千里马，就算没人驱使，也要自我期许，跑千里！

商品编号

G-X-093

一鸣惊人

最好的表现是：不鸣则已，一鸣惊人。

工作区

想适时表现自己，给人好的印象，平时先得多充实自己。任何功夫都不能白下，任何学问都不能白学，学完就忘等于浪费生命。

蓄势是为了待发，雌伏是为了雄飞。最好的表现是：不鸣则已，一鸣惊人。

商品编号
G-X-094

进步

接受自己才能快乐，不接受自己才能进步。

工作区

接受自己才能快乐，不接受自己才能进步。晚上拥抱自己，早上推出自己。晚上把自己抱进来，说：“你今天已经尽了力，把得失放下，安心睡吧！”早上把自己推出去，说：“又是新的一天，加油！不信你办不到！”

商品编号
G-X-095

翻盘

加油，翻开人生的新一页！

工作区

球赛分成一局一局的，真好！上一局惨败，这一局小赢，就是平局。再下一局又小赢，说不定就赢了。分局换位置，就是让选手调整心情，重新检讨，重新来过。今天正是上一局结束，新一局开始，翻盘就在这时候。

加油，翻开人生的新一页！

图书在版编目（CIP）数据

人生便利店 /（美）刘墉著 .—南宁：接力出版社，2022.8

ISBN 978-7-5448-7721-3

Ⅰ. ①人… Ⅱ. ①刘… Ⅲ. ①散文集－美国－现代 Ⅳ. ① I712.65

中国版本图书馆 CIP 数据核字（2022）第 072312 号

责任编辑：马 婕 刘安莉　　装帧设计：许继云
责任校对：杨 艳 李姝依　　责任监印：郝梦皎
营销主理：武 霓 贾毅奎
社长：黄 俭　　总编辑：白 冰
出版发行：接力出版社　　社址：广西南宁市园湖南路 9 号
邮编：530022　　电话：010-65546561（发行部）
传真：010-65545210（发行部）
http://www.jielibj.com　　E-mail:jieli@jielibook.com
经销：新华书店　　印制：北京博海升彩色印刷有限公司
开本：110 毫米 ×180 毫米 1/32　　印张：13.25　　字数：180 千字
版次：2022 年 8 月第 1 版　　印次：2022 年 9 月第 2 次印刷
印数：30 001—38 000 册　　定价：68.00 元
